je ne connais
les Joseph ... mais
j'ai grande confiance
qu'il te plaire-
Mille bizous de l'été
2016.
Dominique R

COLLECTION FOLIO

Marie-Hélène Lafon

Joseph

Gallimard

Originaire du Cantal, Marie-Hélène Lafon est professeur de lettres classiques à Paris. Son premier roman, *Le soir du chien*, a reçu le prix Renaudot des lycéens. Elle est l'auteur, entre autres ouvrages, de *Mo*, *Organes*, *Les derniers Indiens*, *L'Annonce*, prix Page des libraires 2010, *Les pays* et *Joseph*.

C'est comme une carte à jouer,
des toits rouges sur la mer bleue.

PAUL CÉZANNE

Les mains de Joseph sont posées à plat sur ses cuisses. Elles ont l'air d'avoir une vie propre et sont parcourues de menus tressaillements. Elles sont rondes et courtes, des mains presque jeunes comme d'enfance et cependant sans âge. Les ongles carrés sont coupés au ras de la chair, on voit leur épaisseur, on voit que c'est net, Joseph entretient ses mains, elles lui servent pour son travail, il fait le nécessaire. Les poignets sont solides, larges, on devine leur envers très blanc, charnu, onctueux et légèrement bombé. La peau est lisse, sans poil, et les veines saillent sous elle. Joseph tourne le dos à la télévision. Ses pieds sont immobiles et parallèles dans les pantoufles à carreaux verts et bleu marine achetées au Casino chez la Cécile ; ces pantoufles sont solides et ne s'usent presque pas, leur place est sur l'étagère à droite de la porte du débarras. La patronne appelle comme ça la petite pièce voûtée qui sépare la laiterie de la cuisine ; elle préfère que les hommes passent par là au lieu d'entrer directement par la véranda, c'est commode ça évite de trop salir surtout s'il fait mauvais ou quand ils remontent de l'étable avec les bottes. Cette patronne ne va pas à l'étable, elle s'occupe du fromage, tient sa maison et dit que dans une ferme il faut dresser les hommes pour qu'ils respectent le travail des femmes. Au moment des repas les pantoufles de Joseph glissent sur le carrelage luisant et marron ; Joseph ne laisse pas de traces et ne fait pas de bruit. Il s'applique aussi pour ne pas sentir, il a appris en vieillissant ; dans sa jeunesse, on faisait moins attention à ces choses. Il ne se lave pas dans la salle de bains des patrons qui donne sur le couloir du bas ; on n'en a pas parlé quand il est entré dans cette ferme mais il a compris qu'il devrait utiliser le lavabo du débarras ou celui de l'étable, qu'il préfère parce qu'il sait à quel moment il sera tran- quille pour la grande toilette alors que dans le débarras, on dit aussi l'arrière-cave, il aurait toujours peur de se retrouver en slip, en chaussettes, ou en maillot, ou même pire, devant la patronne, le patron, ou le fils qui traversent et ne frappent pas avant d'entrer puisqu'ils sont chez eux. Le chien reste avec lui quand il fait la grande toilette, à côté du lavabo mais un peu à l'écart pour ne pas être éclaboussé et toujours du côté des sacs de farine contre lesquels il appuie son arrière-train ; il se repose et suit ses gestes, penche la tête à droite à gauche, il a l'air perplexe et ses oreilles douces frémissent inexplicablement, parfois on dirait qu'il rit et se moque des humains qui ont besoin de toutes ces fantaisies. Ce chien s'appelle Raymond, il est déjà vieux, il a au moins douze ans ; au début Joseph était gêné d'utiliser pour un chien le prénom de son père qui est mort depuis presque trente-six ans mais quand même ; ensuite il a pensé que ce prénom était parfait pour un chien comme celui-là, un chien blanc et noir au pelage luisant et souple, surtout entre les pattes de devant, sur le poitrail, un chien qui est toujours au bon endroit au bon moment quand on a besoin de lui ; il rassemble les bêtes sans aboyer et sans mordre, même les jeunes, même par temps d'orage, et même les cochons ; il apparaît il se montre il fait sa ronde et trotte menu et décrit une courbe, plus ou moins à distance et au large du troupeau selon la configuration du terrain, le nombre des animaux, leur état d'énervement, leur degré de dispersion dans le pré ou l'enclos ; ce chien sait aussi gober proprement les œufs, un œuf par jour ni plus ni moins, et cacher la coquille percée d'un petit trou dans le tas de paille derrière la porte de la grange. Un chien comme celui-là il faudrait qu'il ne meure pas, jamais, il serait presque mieux qu'une personne. Joseph s'en voudrait de penser ces choses, mais il les pense, même s'il ne les dit pas, à personne ; ça le traverse par moments quand il fait un travail qui ne demande pas trop d'attention, nettoyer l'allée et les grilles de l'étable après la traite par exemple, surtout à la bonne saison les vaches sont ressorties il reste dans l'étable, il met de l'ordre et du propre, c'est tenu ; le geste se fait tout seul ou presque, les bras, le haut du corps, se pencher, appuyer mais pas trop pour que ça glisse et que tout soit bien ramassé, rien qu'à entendre le bruit il sait si ça va bien ou pas, il regarde à peine, il est télécommandé, mais en vieillissant il sent que la fatigue le rattrape, le tire et le brûle un peu partout dans le corps. Donc il pense à ce chien, Raymond, qui serait le meilleur chien qu'il ait connu ; c'est comme une sorte de débat avec lui-même, il se reproche, il se traite de vieux gâteux qui préfère les bêtes aux gens, et alors et alors ; il se parle tout seul, il dit dans l'étable entre ses dents, et alors et alors, et un coup de menton ; et de repenser au François de La Gazelle qu'il a connu à ses débuts dans une ferme, la deuxième ou la troisième, où il est resté deux ans. Il n'avait pas su le nom du François de La Gazelle, on l'appelait comme ça parce qu'il venait de cet endroit dans la commune de Ségur, où sa mère habitait encore une maison couverte en tôle. Joseph se souvient d'autres détails au sujet du François de La Gazelle, on disait toujours le François, pas François tout seul, et personne ne disait son nom, le François sortira les bêtes, ou arrachera les pommes de terre, ou quand le François reviendra ; il disparaissait trois ou quatre jours, il revenait, le patron criait un grand coup, le François avait la peau grise quand il revenait, il était maigre comme un loup, on plaignait sa mère, il n'avait pas d'âge. Il aimait plus que tout la chienne de la maison, Loulou, une chienne jaune et pointue de gueule, qui allait très bien par les bêtes mais n'obéissait vraiment qu'à lui ; elle avait l'air de savoir quand il reviendrait et l'attendait sous le tilleul, le dernier jour elle se postait là et ne bougeait plus ; on se le disait dans la maison, la chienne le sent il sera là avant le soir, et il arrivait, il marchait dans la cour, elle lui faisait fête, l'entourait de cercles fous, sautait à ses genoux, à ses hanches, à ses flancs, mais ne le touchait pas, il ne la touchait pas non plus. Personne ne pouvait toucher cette chienne qui avait grandi dans la grange sous un tas de vieux piquets et jouait au ballon les soirs de juin quand les jours ne finissaient pas et que l'on n'avait pas encore vraiment commencé à faner ; le ballon n'avait pas le temps de retomber, elle surgissait, lancée dans l'air, vrillée, inévitable, le patron disait qu'elle aurait été la meilleure gardienne de but du monde, on riait dans la cour de la ferme, même la patronne lançait la balle au pied, et les filles aussi, ils avaient trois filles et un grand fils dans cette ferme et ils étaient joyeux, les hirondelles se jetaient dans le ciel, on jouait tous dans leurs cris. Joseph y repensait, il avait été jeune dans cette ferme de la commune de Ségur dans la vallée de la Santoire, maintenant ça n'était plus une seule ferme, les terres avaient été vendues d'un côté, à deux paysans différents qui faisaient tourner de grosses exploitations, et la maison, une forte maison presque carrée avec des sculptures dans la pierre de chaque côté de la porte d'entrée et au moins sept pièces en tout, la maison n'était plus dans la famille, elle était devenue une résidence secondaire très bien entretenue. Joseph le savait, il suivait ces affaires et se souvenait des maisons, des bêtes, des prés, des bois, des gens, de ce que ça avait été, de ce que ça devenait, ça devenait quelque chose, de mieux ou de moins bien, il n'aurait pas su dire, quelque chose d'autre, les gens et les bêtes mouraient mais pas les prés, pas les terres, pas la rivière, tout se conservait et il avait beaucoup à penser. La Santoire, par exemple, il était né au bord, il avait vécu là, pas loin, dans sa vallée ou autour, il l'avait entendue souvent la nuit et connaissait toutes ses saisons, un peu comme si elle avait coulé à l'intérieur de lui. Le François de La Gazelle disait au patron que Loulou, quand elle serait morte, il faudrait la faire empailler par l'instituteur qui empaillait des renards et saurait bien pour un chien aussi, surtout un chien si petit et si maigre, ensuite on la poserait là, dans la cuisine, sur le buffet, au-dessus, au milieu, il se retournait, il montrait avec sa fourchette ou son couteau, on aurait la place, un chien si petit, et on pourrait même ajouter un ballon entre ses pattes de devant, un ballon bien nettoyé et crevé puisqu'elle les crevait tous, il en mettrait un de côté, lui, il le garderait, il fallait y penser, et prévoir. Tout le monde riait à table, chaque fois, on connaissait déjà mais on riait quand même, on riait beaucoup dans cette ferme, souvent. Joseph aurait bien aimé rester. Le François de La Gazelle était mort l'année d'après, Joseph était allé à l'enterrement à Ségur, le patron lui avait parlé ; personne n'aurait pu empêcher le François de La Gazelle d'acheter ce vélomoteur, le début de la fin un vélomoteur, le patron disait un pétarou, pour un type comme lui, un gars très adroit le François de La Gazelle, qui avait de l'idée, et bonne façon à la fois pour les bêtes et pour les machines, pour les deux, ce qui était rare, sans la boisson il aurait pu tout faire, le patron répétait, le début de la fin ce pétarou avec ce qu'il se mettait dans le coffre le début de la fin, il secouait sa grosse tête carrée, bien rasée ; ce patron était toujours bien rasé, et il roulait lentement un peu au milieu de la route dans une voiture presque neuve, une Renault ou une Peugeot, jamais de Citroën, les Citroën étaient des veaux ; il avait aussi dit, on aura du mal avec la chienne, et on aurait peut-être dû l'empailler lui au lieu de le mettre là dans le plumier mais il tiendrait pas sur le buffet ; ils auraient presque ri, ils l'avaient fait, en dedans et des yeux, mais la mère du François de La Gazelle était au premier rang à droite dans l'église, à la place des familles pour les enterrements, avec sa sœur, son beau-frère, ses neveux et ses nièces qui vivaient à Clermont. Joseph se penchait pour vérifier une grille, la quatrième en partant du bas à gauche il fallait gratter un peu plus avec le balai, il appuyait pour savoir si ça tenait encore assez pour les bêtes, il en parlerait au patron, l'installation remontait à plus de vingt ans, tout avait été bien calculé et le fumier s'écoulait jusqu'à la fosse en ciment, en contrebas de l'étable, c'était beaucoup de travail en moins pour l'entretien mais l'arrière-train des bêtes reposait sur les grilles, il fallait surveiller pour que l'ensemble reste solide et stable, une vache pourrait tomber, se blesser, une patte cassée c'est la mort. Dans cette ferme, on faisait encore vraiment attention aux bêtes, pas seulement pour l'argent, pour l'honneur aussi, et parce que les bêtes ne sont pas des machines, on sent le chaud de leur corps et leurs yeux posés sur vous ; l'hiver elles dépendent, pour les soins et la nourriture, ça fait devoir, on les connaît et elles vous connaissent. Quand on rentre dans une étable bien tenue, l'odeur large des bêtes est bonne à respirer, elle vous remet les idées à l'endroit, on est à sa place. Joseph avait toujours retrouvé ça dans sa vie, même aux pires moments. Il avait surtout aimé s'occuper des veaux qui grandissaient tous dans les fermes avant la mode de les vendre à trois semaines pour l'engraissement en Italie ou ailleurs ; même dans les grands troupeaux comme celui des Manicaudies il n'aurait jamais confondu un petit avec un autre, il ne leur faisait pas de manières, on n'avait pas le temps et tout le monde se serait moqué ou l'aurait pris pour un original, mais il avait juste la patience qu'il fallait, sans se laisser déborder. En entrant dans une étable ou en voyant un troupeau dehors, à l'herbe, il savait au premier coup d'œil, et aussi à l'oreille, si les choses allaient comme il faut. Il n'avait pas toujours eu le choix, il avait dû, certaines fois, travailler dans des conditions qui lui tordaient le ventre mais il n'était jamais resté longtemps dans ces fermes. Il avait appris à se méfier des gens que les bêtes craignaient, les brutaux et les sournois, surtout les sournois qui cognent sur les animaux par-derrière et leur font des grimaces devant les patrons. Deux fois par jour, après la traite du soir et après celle du matin, il nettoyait les grilles, vingt à gauche et trente et une à droite de l'allée centrale qu'il grattait aussi, mais pas avec le même balai. Il prenait un peu plus de temps le matin pour surveiller à cause de la lumière qui était bonne à cette heure-là pour tout voir, surtout en décembre ou au début de janvier quand les jours étaient si courts et que les vaches ne sortaient pas, ce qui gênait pour bien vérifier. Il se souvenait beaucoup quand il était tranquille dans l'étable, il n'avait qu'à suivre, ça se déroulait tout seul, les gestes du corps pour nettoyer et des détails de rien du tout qui accrochaient dans la mémoire, comme les pointes longues dans une cloison de planches pour suspendre des affaires. Raymond lui faisait penser à Loulou, et Loulou à tout ce qu'il savait encore sur cette ferme qui n'existait plus, sur ce patron, les prénoms des quatre enfants, ses voitures, le riz au lait de la patronne qui était bonne cuisinière. Il vieillissait, cinquante-huit, bientôt cinquante-neuf, et ces choses étaient là, malgré tout ce qu'il avait bu, et les trois cures, on le lui avait assez dit pourtant que la boisson et les médicaments abîmaient le cerveau, à la longue, le cerveau peut-être, mais pas la mémoire, pas la sienne. Il savait par cœur des dates entières, l'année, le mois, le jour, des naissances, des morts, des mariages, quand il était entré dans telle place et quand il l'avait quittée, le début et la fin des cures ; il calculait des durées dans sa vie et dans celle des autres, il le faisait de tête pour son frère, pour sa mère, son père, et pour certaines familles qu'il connaissait depuis longtemps, il allait vite et ne se trompait pas. À table, des fois, la patronne ou le patron parlaient de ceci ou de cela, ils ne savaient plus exactement les choses et se tournaient vers lui, ils ne demandaient pas tout à fait mais Joseph pouvait entrer dans la conversation ; en quelle année la Cécile du Casino avait arrêté le magasin ; et l'été où le fils Lavigne s'était tué en tombant du toit ; ou le mariage du fils Couderc avec une chanteuse, même que toutes les vedettes de la télévision étaient sur la place de Saint-Saturnin sous des giboulées de neige en mai, le 2, Joseph précisait le 2, elles étaient comme des poules qui auraient trouvé un couteau, le patron était au vin d'honneur et les avait vues avec des chaussures à talons hauts et lanières dorées et les ongles des orteils vernis comme pour marcher sur les Champs-Élysées en sortant de l'émission de Drucker, ce fils Couderc avait toujours été dégourdi, déjà au collège à Riom il faisait la pluie et le beau temps, son père le disait assez qu'il n'en venait pas à bout, maintenant le gars organisait des concerts et des tournées pour des vedettes partout dans le monde, au régiment il avait rencontré le frère jumeau d'un chanteur et, de fil en aiguille, il avait fait sa place dans ce milieu où ça gagnait plus qu'au cul des vaches. La patronne levait le sourcil et pinçait le coin de sa bouche, à gauche, toujours du même côté, Joseph remarquait ces choses aussi, à force de voir les gens ; on sentait que la patronne n'aimait pas trop que le patron se lance à parler sur les personnes ou sur l'état de l'agriculture, même si on savait que Joseph n'allait nulle part et ne répétait pas. Toujours Joseph avait retenu les histoires des gens et ce qui se racontait, il ne mélangeait pas dans sa tête et il y pensait en s'endormant. Il dormait à fond et se réveillait net, d'un coup, prêt, les idées à l'endroit, aiguisé comme une faux ou affûté comme les lames de la barre de coupe que le patron utilisait encore dans cette ferme pour faucher les pentes ou d'autres endroits qui n'auraient pas supporté la rotative et le gros tracteur, les sagnes par exemple où les mottes de terre tremblent sous le pied et dégorgent de l'eau rouillée même pendant les années sèches ; en 2003, au moment de la canicule quand les vieux mouraient dans les villes, en 2003 il avait fauché avec le patron la sagne de Chamizelle sous le bois ; ils fauchaient le matin après la traite, la rosée n'était pas levée, elle ne se levait pas dans ce trou sous le bois même en 2003, ensuite ils sortiraient le foin au râteau pour qu'il sèche au soleil, c'était des méthodes dépassées ; le patron employait ce mot quand il se lançait dans ses discours sur l'avenir de l'agriculture. Ils ne se parlaient pas pour le travail, ils savaient comment faire et que ça s'arrêterait après eux. Quand ils avaient fini, le trou était propre, impeccable, c'était plaisant à voir. Le bois était pentu sous les hêtres, juste bon pour les renards et les blaireaux qui avaient creusé de sacrés terriers, on respirait la sauvagine à plein nez là-dessous, le patron disait ça, il avait des expressions ; ils n'étaient pas chasseurs dans cette famille, ni pêcheurs, même s'ils avaient un grand pré au bord de la Santoire. Chaque année, au début de l'été, le fils ou le père racontait au moins une fois à table que sous le bois à cet endroit exactement, sous le talus au bord de la sagne, en faisant la grande coupe le long de la rivière avec le gros tracteur, il avait vu les renardeaux qui jouaient, à plusieurs, en sautant sur eux-mêmes, en tournant, en se mordant derrière la tête, la mère se tenait un peu sur le côté pour les surveiller ; les renardeaux n'étaient pas du tout dérangés par les machines et les regardaient passer comme un défilé de chars fleuris le jour de la fête ou la caravane du Tour de France au puy Mary. Joseph rangeait par listes, la famille, les fermes, la boisson, la liste de son père était finie depuis longtemps, celle de sa mère aussi, pas celle de son frère, même s'il ne reverrait sans doute plus Michel, maintenant qu'ils avaient enterré la mère. Dans l'étable Joseph se parlait entre ses dents, en voix de gorge ; le patron ou le fils ou le marchand de veaux ou le vétérinaire n'auraient rien entendu s'ils étaient entrés pour voir une bête ou chercher un outil ; il n'était pas chez lui, il devait garder sa contenance, toujours. Il se finirait dans cette ferme, pour la retraite il irait dans une maison de Riom où étaient les vieux comme lui, il avait déjà dû rassembler et envoyer des papiers à Aurillac ; le patron l'avait emmené un mercredi à Riom et l'avait déposé dans des bureaux derrière la mairie, c'était le 12 mars l'année de ses cinquante-cinq ans ; il avait un peu attendu, ensuite la personne l'avait reçu, une assistante sociale jeune qui tapait vite sur l'ordinateur, elle avait besoin de son numéro de Sécurité sociale et il l'avait récité par cœur, elle avait souri en le regardant au visage sans demander la carte pour vérifier. Elle avait des yeux verts et un collier assorti. Dans la voiture en rentrant le patron avait dit que cette Madame Flagel était la fille d'une famille de paysans de Montesclide dans la commune de Saint-Amandin, son mari tenait plus de quatre-vingts bêtes dans un bâtiment neuf à côté de Marchastel, c'était des jeunes d'aplomb avec du solide derrière eux ; elle connaissait la musique du travail dans les fermes, avec elle ça serait vite et proprement fait, ça tournerait rond. Dans ce bureau net et bien chauffé Joseph s'était souvenu de toutes ses places depuis le début, toutes ou presque, à cause du trou du milieu, entre 1986 et 2001. Elle avait écouté, noté, tapé encore sur l'ordinateur, parlé de trimestres, de déclaration sur l'honneur et d'annuités, s'était étonnée qu'il n'ait pas fait le service mais n'avait pas demandé pourquoi. Il savait où la maison de retraite se trouvait dans Riom, tout de suite en arrivant par la route de Murat sur la droite, un bâtiment de trois étages en grosses pierres grises qui avait été rénové l'année où il était entré dans cette ferme, on voyait du dehors que les fenêtres étaient neuves, à double vitrage à cause du froid et des économies d'énergie. Une autre fois, pendant l'hiver de 2010 où on était resté bloqué trois semaines en janvier avec une grosse couche de neige et de glace tout autour de la ferme, le patron lui avait donné des papiers qui étaient arrivés dans une enveloppe jaune ; ils avaient regardé ensemble et le patron avait ri en se retournant pour mettre ses pieds dans le four de la cuisinière, tu auras plus chaud que moi à la retraite tu auras pas besoin de la cuisinière moi j'y rentrerais tout entier si je pouvais. Joseph avait été content, le patron disait ces choses quand ils restaient un peu les deux, sans la mère et le fils, dans la cuisine, ou occupés à un travail de vieux, comme faner les coins l'été, ou curer le fumier du parc à veaux dans l'étable, ou les loges à cochons, ou le poulailler, ce qui était le pire à cause de l'odeur à tomber par terre même quand on avait toujours été habitué. Un patron comme celui-là allait bien pour se finir, c'était mieux que dans d'autres endroits où on était regardé de travers. Ce patron n'était pas du pays, il venait du Lot, presque à la limite des deux départements mais côté Lot quand même, à quarante kilomètres de Laroquebrou. Joseph ne retenait pas le nom exact de l'endroit que le patron répétait souvent, il était moins fort pour les lieux, surtout si c'était loin, que pour les dates et les chiffres. Le patron avait encore ses deux sœurs, des neveux et des nièces à Cahors et à Saint-Céré ; ils n'étaient pas paysans, le patron était le seul de cette famille resté dans l'agriculture, tous travaillaient dans des bureaux ou des commerces et venaient le dimanche deux ou trois fois par an quand il faisait beau dans des voitures immatriculées quarante-six. Des enfants sautaient partout dans la cour, dans la grange ou à l'étable, des femmes jeunes les surveillaient plus ou moins en criant et en riant, les enfants étaient saisis, soulevés, époussetés, embrassés et repartaient en galopant, ils cherchaient le chien qui se cachait jusqu'au moment où il fallait rassembler les vaches pour la traite. Une fois par an, en août, on prenait tous ces enfants en photo alignés sur le mur de la cour et rangés par taille avec le patron assis au bout, ça durait pour les faire tenir en place, on entendait des prénoms modernes, Léo Solène Marvin, le patron se laissait un peu prier pour venir sur la photo, les mères et les pères insistaient, on criait plusieurs fois, pas de photo sans Jacot, et Joseph avait fini par comprendre que c'était le surnom de famille du patron qui s'appelait pourtant Régis. Plus tard la photo serait affichée sur le côté du frigo, fixée aux quatre coins par des coccinelles magnétiques ; le

patron faisait bien comme tout sur le mur
avec les enfants et Joseph le remarquait parce
qu'il avait toujours détesté, lui, se voir en
photo, avec son air de lapin malade, l'expression venait de son frère et ne s'oubliait pas.
On riait beaucoup en répétant Jacot, Jacot,
parce que, depuis le temps des grands-parents
de la patronne, c'était le nom que l'on donnait
dans la ferme à l'âne qui servait à transporter
le lait de l'étable à la laiterie ; on achetait cet
âne, toujours un mâle, chez deux frères céli-
bataires qui tenaient une ferme à côté de
Condat et vendaient des ânes ou les échan-
geaient contre d'autres bêtes, veau, cochon ou
poules et lapins ; le patron menait la négocia-
tion et le frère aîné venait en vélomoteur ins-
pecter les animaux pressentis qu'il examinait
comme s'il avait voulu voir au travers. Le fils
avait remplacé l'âne par le petit tracteur mais
on avait gardé jusqu'à sa mort le dernier Jacot
qui mangeait les coins pentus derrière la
grange et avait sa place à l'étable, vivant,
selon la formule du patron, comme un fonc-
tionnaire en vacances. Le patron était entré
gendre à la ferme et avait donc été jeune
homme dans le Lot, dans un coin de pays bas
où la neige ne restait jamais longtemps l'hiver ; on avait des arbres fruitiers dans toutes
les fermes, des glycines et de la vigne sur les
façades bien exposées, des noyers, et même

des figuicrs, il racontait ça, les figues n'étaient jamais meilleures que tièdes, directement cueillies sur l'arbre, en passant, à l'heure chaude quand on se relevait après la sieste. Le patron était monté dans la commune dès l'âge de dix ou onze ans avec son oncle qui faisait le commerce de bestiaux, cet oncle célibataire était un peu comme son deuxième père et l'emmenait partout avec lui. Joseph avait toujours entendu parler de ce Robert Lafleur et l'avait même croisé aux Manicaudies dans une grosse ferme où il était resté cinq ans, entre vingt-cinq et trente ans, avant Sylvie ; aux Manicaudies les employés mangeaient à la cuisine et les patrons dans une autre pièce, la nourriture était bonne et en grande quantité mais on savait qu'elle n'était pas la même pour les deux tables, le vacher occupait le haut bout, il était né en Pologne et racontait des histoires de son pays, Joseph était le plus jeune et ces années avaient été les meilleures de sa vie pour le travail et pour tout. Robert Lafleur n'allait que chez certaines personnes, il connaissait la carte et les gens, il avait sa tournée, on le recevait, il était fine gueule et tenait sa place à table sans jamais perdre le nord ni son portefeuille de vue ; on préparait l'étable et les bêtes à montrer, il ne traitait pas beaucoup d'affaires sur les champs de foire. En août il arrivait avec

29

des cagettes de prunes bleues qui parfumaient les maisons, on les mangeait comme ça, au dessert, ou en tartes. Quand le patron était revenu d'Algérie, il avait travaillé avec son oncle. Plus tard il s'était marié avec la patronne qu'il avait toujours plus ou moins connue à cause des tournées de l'oncle. Il ne parlait pas de l'Algérie sauf pour dire que les vingt-sept mois lui étaient passés dessus comme un train, c'était tout ; une fois par an il allait au banquet des anciens combattants à Riom, à Allanche ou à Murat, et à la commémoration du 11 Novembre il portait le drapeau, depuis que le père Vidal, qui avait fait la deuxième guerre et était resté cinq ans en Poméranie, avait perdu la tête ; ensuite on verrait la photo dans le journal et la patronne la découperait pour la mettre dans une pochette en papier bleu qu'elle rangeait dans le tiroir de gauche du buffet, avec les jeux de cartes et la réserve de piles électriques. Joseph savait que la patronne était fille unique et de neuf ans plus jeune que le patron, née là, dans la maison, dans la grande chambre du bas où tout le mur du fond était en boiseries claires. Joseph le voyait sans regarder quand il passait devant la fenêtre de la cour qui était ouverte chaque jour pour aérer. À force de travailler chez les autres, il avait des points de comparaison ; il pensait que cette femme

30

et cet homme avaient fait et faisaient encore bon ménage, il le comprenait à des façons, à des détails ; la patronne, qui avait les manières et la voix sèches, n'oubliait jamais les trois sucres dans le bol pour le café du matin qu'ils prenaient, le patron et lui, avant de descendre à l'étable préparer la traite ; ils étaient les deux premiers levés dans la maison, et n'allumaient que le petit néon au-dessus de l'évier ; le gaz était bleu sous la casserole que la patronne avait posée sur le rond moyen et recouverte d'un couvercle ; le patron ne laissait pas bouillir le café et ne l'aimait pas réchauffé au micro-ondes, il préparait sa mixture avec les trois sucres en tournant la cuillère plusieurs fois dans le bol du viaduc de Garabit où les lettres presque effacées de son prénom se devinaient encore. Joseph se servait de sucre dans la boîte rectangulaire qui était toujours garnie et à sa place sur l'étagère carrelée à droite de la cuisinière, alignée avec le sel, le poivre, des herbes pour les sauces dans un pot en verre et des allumettes. Joseph profitait de tout. Il connaissait aussi le prénom de la patronne qui avait le même bol avec des lettres moins usées, Régine, ça faisait Régis et Régine, comme exprès, et Victor pour le fils.

Il aimait bien les soirs, on restait devant la télévision, on ne la regardait pas forcément, on l'entendait, on était les trois dans son bruit, des images apparaissaient, disparaissaient, en fortes couleurs qui circulaient dans la pièce autour des corps, on baignait dans ces images, on était traversé par elles, on attrapait des morceaux, on sentait que le monde était vaste autour de la ferme et de ce pays tout petit dans lequel on aurait vécu. Des mots et des formules s'entassaient dans le désordre, Barack Obama le déficit Jean-Pierre Raffarin les restructurations Gandrange la faillite de la Grèce la bravitude sortir de l'euro les JO de Londres les Bleus le concert de Madonna. Le patron se serait intéressé, surtout à la politique et au sport, mais il avait tendance à piquer du nez, à becquer comme il disait ; dès la fin du journal, il sortait du banc, se calait sur une chaise devant la cuisinière même quand elle était éteinte, et posait ses talons en appui contre le banc, ses orteils remuaient dans les chaussettes marron. Joseph se demandait comment on pouvait presque s'endormir dans une position pareille. Quand la patronne balayait après avoir fini la vaisselle, Joseph soulevait les pantoufles ; même si la suspension moderne n'éclairait vraiment que la table, tout serait propre et bien rangé dans la pièce pour la veillée. La patronne employait ce vieux mot de veillée, elle répétait par exemple que le fils avait mieux à faire, à son âge, que de rester avec les vieux à la veillée. Ensuite elle s'asseyait à son bout du banc, elle tenait toute la largeur de la table avec le journal ouvert en grand à la page des mots croisés, le dictionnaire, la petite trousse rouge pour les crayons à papier, la gomme rose et bleu, et le taille-crayon avec un réservoir transparent en plastique vert qui se dévissait. Si une miette était restée sur la toile cirée, elle la recueillait du doigt et la déposait dans l'évier avant d'installer ses affaires. Elle s'appliquait pour gommer et étalait sa main gauche pour maintenir la feuille à plat sans rien froisser ; ça faisait un petit bruit régulier et elle soufflait doucement sur la page avant de recommencer à tracer les lettres en se penchant. Joseph pensait à l'école, il avait compris en recoupant des

dates que la patronne et lui avaient eu le
même instituteur, lui après elle, à sept années
d'intervalle, à Saint-Amandin pour elle et à
Saint-Saturnin pour lui ; ce maître avait fini
sa carrière au collège d'Allanche, où il avait
organisé pendant quinze années des voyages
en Afrique pour les grands qui allaient creu-
ser des puits et aider les gens pour arroser les
cultures ; à une époque le journal en parlait
souvent, on voyait des photos de groupe à la
page d'Allanche, des jeunes de ce pays, le
Sénégal, ou le Mali, il avait oublié, étaient
venus plusieurs fois de suite. On avait tout dit
et son contraire, que le maître avait là-bas
une deuxième famille avec des enfants métis,
qu'il s'était fait avoir, ou qu'il en profitait et
avait bien raison de prendre ses aises, avec la
femme qu'il avait en France, un tromblon
toujours malade et pas commode et maigre
comme un coucou. Joseph se souvenait de
ces histoires, il y pensait parfois les soirs mais
n'en parlait pas avec la patronne. Elle gom-
mait la page, taillait le crayon, ouvrait et fermait le dictionnaire qui était recouvert d'un
papier rouge et d'une feuille de plastique
transparent, les coins et le dos avaient été
renforcés avec des bandes de scotch superpo-
sées, il datait du temps où le fils était parti
pensionnaire à Aurillac, pendant trois ans,
pour préparer le diplôme dont les jeunes ont

besoin maintenant pour s'installer aux meilleures conditions. Le dictionnaire glissait sur la toile cirée beige, il avait des pages roses au milieu et Joseph s'était souvent demandé si cette couleur avait un rapport avec le Minitel rose ; longtemps on avait vu des affiches collées sur les murs à Murat, à Riom, ou même à Ségur, avec des femmes bronzées aux cheveux jaunes, les lèvres écartées sur les dents, les bras et le cou nus, la poitrine presque sortie du soutien-gorge et du maillot sans manches au ras de l'image, et un numéro écrit en gros dessus ; on avait de sacrées rigolades au café, on disait à untel, alors tu l'as trouvée sur le Minitel celle-là si elle fait bien l'affaire tu donnes son numéro tu gardes pas tout pour toi et attention à la facture. Le Minitel était sorti de la mode, les ordinateurs et Internet avaient pris la place ; le fils se servait de tous ces appareils dans une petite pièce qu'il appelait le bureau parce qu'il y faisait les papiers, et il n'aurait pas voulu que sa mère nettoie et range, après il perdait trop de temps à rechercher ce qu'elle avait mis dans des enveloppes, et les enveloppes dans des boîtes, et les boîtes dans des tiroirs. Le fils et la mère se disputaient à cause du bureau. Joseph n'osait pas vraiment regarder la patronne quand elle s'appliquait pour les mots croisés ; certainement que le rose du dictionnaire et celui du Minitel n'avaient aucun rapport. Il se tenait à sa place, en face du patron à l'autre bout, le poste derrière lui, il aurait dû se mettre sur le côté ou sortir carrément les jambes de dessous la table et tourner le dos aux personnes pour suivre une émission. Il aurait bien regardé *Des chiffres et des lettres*, mais les horaires avaient changé et n'allaient plus ; le soir, même s'il avait fini le nettoyage à la laiterie, il attendait sept heures, qui était l'heure du repas en hiver, il n'entrait pas, il s'occupait dans l'arrière-cave où il y avait toujours une bricole à réparer ou des affaires à ranger, les patrons étaient chez eux et avaient le droit de rester un peu tranquilles ; n'empêche que pour cette émission il aurait fait une fine équipe avec la patronne, elle pour les lettres et lui pour les chiffres, dommage que le règlement interdise de se mettre à deux. Il s'était déshabitué de la télévision, même s'il aimait bien ce bruit dans son dos. Il regardait un peu le journal de la veille que la patronne posait pour lui sur un petit meuble luisant en bois verni où elle rangeait aussi ses affaires pour les mots croisés, l'annuaire de l'année en cours et les trois catalogues de vente par correspondance, La Redoute, Damart, et Blancheporte. Il lisait vaguement des titres, tournait les pages sans faire de bruit ; ça ne se fixait pas, il ne rete-

nait que ce qu'il voyait ou entendait en vrai ;
il s'arrêtait un peu sur les photos, au cas où
il aurait reconnu des gens au banquet des
anciens de Lugarde ou à la foire aux ânes de
Marchastel ; il avait travaillé dans presque
toutes les communes du canton, il connaissait du monde partout, le plus souvent de vue,
untel était le beau-frère d'untel, ou cousin
avec tel autre du côté de la mère, il avait suivi
l'école deux années avec unetelle, ou avec sa
sœur qui ensuite s'était mariée à Clermont
mais avait gardé la maison aux Chazeaux ou
à Soulages, elle y restait avec son mari la moitié de l'année depuis qu'ils étaient à la retraite.
Il retrouvait à la page des mots croisés les
grilles de la patronne qui étaient si bien rem-
plies qu'elles avaient l'air d'avoir été impri-
mées avec le journal, on aurait pu confondre,
il regardait, c'était du beau travail, soigné, au
cordeau comme tout ce dont s'occupait cette
patronne. Parfois, elle avait plus de mal parce
qu'elle était contrariée, à cause du fils qui ne
faisait pas comme elle voulait, ou du camion
de l'équarrissage qui tardait à venir chercher
une bête crevée, ou quand les lapins avaient
attrapé la maladie et mouraient tous les uns
après les autres, on avait dû désinfecter les
clapiers avec un produit blanc qui piquait les
yeux, la gorge, les narines ; il avait passé le
produit, lui, avec le patron, et ils avaient porté

les masques qui étaient dans l'emballage, et aussi de gros gants parce que le produit ne devait pas toucher la peau, le vétérinaire avait tout expliqué, il fallait prendre des précautions, la patronne était restée derrière la fenêtre de la cuisine pour regarder ; le fils s'était moqué, avait rigolé, on n'était pas sur la planète Mars ni à Tchernobyl quand même, un sacré fourbi pour trois lapins. Le désinfectant coûtait très cher, le patron avait dit qu'au prix de cette potion magique il fallait vraiment aimer les lapins, ça mettait la bête au tarif du foie gras, largement, il avait ri, et le fils aussi, mais pas la patronne qui répétait qu'une ferme sans lapins n'était pas une ferme, et ils seraient les premiers à en reprendre, du civet, quand il sentirait bon dans la cocotte au milieu de la table. Joseph avait pensé qu'elle avait raison, même s'il n'aimait pas beaucoup le lapin, lui, à cause des petits os pointus qui se coinçaient entre les dents. Or donc si elle était contrariée, la patronne bricolait, elle appuyait davantage en écrivant dans les cases des mots croisés et en gommant ; rien qu'à l'entendre gratter à la veillée à l'autre bout du banc, Joseph savait si elle avait été dérangée ou pas dans sa journée, même quand eux, les trois hommes, n'avaient rien vu ou rien senti ; le papier du journal serait un peu marqué, presque taché, ça se verrait, et ça serait moins beau, moins bien. Joseph pensait souvent que les cahiers de la patronne avaient dû être magnifiques comme ceux d'une fille qui s'appelait Claire et avait suivi avec lui, dans sa classe, les trois premières années d'école ; les maîtres la citaient en exemple et montraient ses cahiers parfaits aux autres élèves, elle était connue dans toute l'école et même en dehors. Ses parents faisaient une ferme loin du bourg, sur le plateau, à l'endroit le plus haut de la commune, elle avait deux frères aînés qui travaillaient avec le père, ils élevaient des bêtes qui allaient dans les concours, jusqu'à Paris, et remportaient des prix, on voyait dans le journal tel taureau salers primé, le taureau ressemblait à un bison avec le père de Claire debout à côté de lui comme un dompteur ; une fois Claire était allée au Salon de Paris et s'était retrouvée en photo entre son père et Sultan, Joseph se souvenait aussi du nom du taureau presque cinquante ans après. Cette Claire avait de grands cheveux roux toujours attachés sur la nuque avec une barrette rectangulaire en métal, ses cheveux fins se mélangeaient sur le rose de la blouse, les filles portaient des blouses roses plus salissantes que celles des garçons qui étaient grises. Claire ne jouait pas beaucoup avec les autres filles, elle était un peu à part aussi, pas comme lui mais à part quand même, peut-être à cause des cahiers, et des taureaux de son père en photo dans le journal. Il savait qu'elle était devenue religieuse. À l'école on s'était moqué dès le début, d'abord à cause de son prénom, Joseph, un prénom de vieux. Deux garçons plus grands, deux frères, André et Gérard, les fils de l'épicerie, avaient remarqué ce prénom répété quatre fois sur la liste des trente-cinq noms gravés sur le monument aux morts des deux guerres ; on allait à la cérémonie du 11 Novembre, on se tenait en rang derrière les maîtres et le maire de l'époque faisait un vrai discours où il parlait chaque fois des poilus, de nos poilus, du courage des poilus, du sacrifice des poilus et de son père mort dans les tranchées trois jours avant l'Armistice et trois mois après sa naissance ; Joseph se souvenait de la formule à cause des deux trois ; on sentait que le maire, qui était garagiste, avait de l'émotion et aurait pu se mettre à pleurer devant les gens réunis, sa voix descendait et les adultes attendaient qu'elle remonte en baissant la tête ; on n'osait pas se moucher, on avait froid aux pieds. Joseph, dès qu'il avait su compter, avait calculé l'âge du maire qui était né un 11 août, comme Michel et lui, exactement trente-six ans avant eux. André et Gérard Labrouste faisaient la loi à l'école, ils organisaient tous les jeux, ils étaient rouges et blonds, ils parlaient beaucoup et fort ; dès la première année ils avaient surnommé Joseph le poilu parce que son prénom et son nom, les deux, en entier, Joseph Rodde, étaient sur le monument, le troisième nom de la liste, mort en octobre 1915 ; ils criaient dans la cour, le poilu le poilu, et le pli avait été pris, c'était resté, même les années suivantes quand ils n'avaient plus été là pour mener la danse parce que leurs parents étaient partis pour ouvrir une plus grosse affaire du côté de Cler-mont. Au début Michel s'était battu pour le défendre, ensuite il s'y était mis lui aussi et le faisait enrager même à la maison devant les parents qui n'y comprenaient rien et avaient d'autres chats à fouetter. Longtemps après, quand Michel était déjà garçon de café à Paris, on avait su dans le pays que Gérard Labrouste était mort d'une leucémie, les femmes répétaient ce mot en baissant la voix comme s'il avait été contagieux, on avait ramené le corps à Condat, d'où la famille était originaire, pour le mettre dans le caveau, on avait beaucoup parlé, on était allé à l'enterre-ment, on plaignait les parents, Joseph n'avait plaint personne. Il avait eu du mal à l'école, peut-être un peu à cause de cette histoire du poilu, de la honte que ça lui donnait, mais pas seulement. Ce qui était écrit ne lui restait pas, il aurait bien aimé les explications, surtout en calcul ou en histoire, mais toujours il fallait lire dans les livres, copier des leçons et résoudre des problèmes sur des cahiers, réciter les phrases écrites debout devant les autres, tout se mélangeait à l'intérieur, les maîtres perdaient patience. Joseph avait mal au ventre et il se trouvait bête, planté à côté du bureau ; il voyait Michel juste devant lui parce que Michel, qui avait toujours été dans sa classe et apprenait mieux, était placé au premier rang pour être surveillé de près ; les lèvres de Michel remuaient ; Michel récitait en même temps et ne le regardait pas. Ils étaient allés les deux jusqu'au certificat, que Michel avait eu. Longtemps, dans sa jeunesse, et même jusqu'à trente ans, Joseph avait rêvé des récitations de leçons dans la salle de classe, Michel était juste sous son nez, assis comme à l'école mais avec sa tête de maintenant sur son corps d'enfant. Joseph se réveillait, il attendait dans le noir, il se rendormait et le lendemain il aurait dans la bouche un goût de fer froid. Il avait été le plus fort en calcul mental, au point que le maître, souvent, lui demandait de se taire pour laisser aux autres le temps de chercher ; il lui avait expliqué que, sinon, personne dans la classe ne s'appliquerait puisque lui, Joseph, aurait déjà trouvé la solution avant tout le monde,

en deux temps trois mouvements. Le maître
des deux dernières années d'école employait
toujours cette expression, en deux temps trois
mouvements, qui plaisait à Joseph parce
qu'elle lui rappelait la facilité du calcul mental ; pendant les exercices, il restait le doigt
levé, il avait mal à l'épaule et au bras ; à la
fin, si on avait le temps et s'il était bien luné,
le maître posait encore deux ou trois opéra-
tions plus difficiles rien que pour Joseph ; il
ne s'était jamais trompé, jamais, et même,
une fois, Michel l'avait vexé en lui disant le
soir devant les parents que, pendant les leçons
de calcul mental, il avait juste l'air d'un chien
qui saute en l'air pour attraper du sucre.
Depuis qu'il avait passé cinquante ans, Joseph
repensait à des choses de l'enfance qu'il aurait
cru avoir oubliées et qui remontaient, il s'en
rendait compte, ça venait tout seul, peut-être
aussi parce qu'il se sentait un peu tranquille
dans cette ferme. Il voyait que c'était pareil
pour les patrons qui avaient largement plus
que son âge et discutaient à table devant lui ;
à propos d'un dessert, le dimanche, la
patronne se souvenait de l'oncle marchand de
bestiaux, des prunes bleues qu'il apportait, de
son goût pour les douceurs, elle disait ce mot,
les douceurs, les œufs à la neige ou le cake
aux raisins, ou les deux à la fois, et avec le
café qu'il prenait sucré ; il fallait le voir trem-

per les bouchées de cake dans la tasse évasée, la mère de la patronne sortait pour lui une pièce restée d'un vieux service démodé parce qu'il n'aurait pas pu tremper à sa façon dans les tasses plus modernes et plus étroites. Le patron expliquait que, souvent, en redescendant des tournées dans le Cantal, l'oncle Robert aurait piqué du nez sur le volant ; il était chargé, lui le neveu, de faire la conversation pour le tenir réveillé. Ils chantaient aussi, Tino Rossi, l'oncle n'aimait que ce chanteur et savait toutes les paroles par cœur, *O Catalinetta bella tchi tchi plus tard quand tu seras vieille tu diras baissant l'oreille* ; le patron riait encore de ce baissant l'oreille qu'il ne comprenait pas ; ensuite l'oncle se mettrait à la diète pour deux ou trois jours. Joseph n'avait pas l'air d'écouter, mais il aimait bien entendre ces histoires que les patrons ne racontaient pas devant le fils. Sa mère aussi chantait Tino Rossi quand elle était jeune, les mêmes chansons et d'autres, plus tristes, d'Édith Piaf ; il calculait que sa mère avait vingt-six ans quand Michel et lui en avaient huit et qu'ils étaient venus vivre les quatre à Saint-Saturnin, juste à l'entrée du bourg, les parents répétaient que le bâtiment était plus commode et plus confortable qu'à La Furet où tout tombait en ruine parce que les propriétaires n'avaient jamais voulu faire les réparations ; la mère était contente d'avoir des voisins même si elle craignait pour le père les deux cafés de la place. Au fond, à la télévision, Joseph n'aimait vraiment que le patinage artistique, surtout les couples en costumes serrés, assortis et brillants, les jupes des femmes qui se soulevaient dans l'élan, leurs genoux solides, leurs cuisses dures, les collants qu'elles avaient, et comment elles retombaient juste au bon endroit, les cavaliers tournaient aussi sur eux-mêmes plusieurs fois pendant que la fille était en l'air, les bras écartés, et sans bruit, comme les milans au-dessus du pré quand ils guettaient les rats, les oiseaux ou les poulets jeunes. Boucle piquée, axel, demi-boucle, triples sauts, les Canadiens, les Japonais, les Français, les Soviétiques, puis les Russes, Ludmila Belousova et Oleg Protopopov, couple à la ville et sur la glace, et les hymnes nationaux, les médailles, il connaissait par cœur ; il avait une boule dans le ventre quand les patineurs ne pouvaient pas s'empêcher de pleurer en serrant la bouche ou en riant, parce qu'ils n'avaient pas gagné ou parce qu'ils étaient premiers, sur la plus haute marche du podium disait le commentateur ; l'homme ou la femme, ou les deux, écrasaient une larme transparente. Joseph se disait que les spectateurs qui étaient en vrai dans la salle ne voyaient pas la larme, ne pouvaient pas la voir. Il aimait aussi quand les patineurs rataient une figure, tombaient, posaient les mains sur la glace, perdaient plus ou moins l'équilibre, et se redressaient, et continuaient et terminaient le programme parce que c'était le règlement ; et les filles souriaient, leurs dents étaient très blanches, petites et bien rangées. Ils n'en montraient presque plus du patinage artistique maintenant, tout était plus compliqué avec une ribambelle de chaînes et toutes sortes d'émissions à la noix et la météo qui n'en finissait pas présentée par une femme blonde en jupe courte qui ressemblait à un grand cheval ; on avait plusieurs météos, à la télévision, à la radio, sur le journal, au téléphone, à un numéro précis que le patron appelait, et sur Internet ; en été le fils et le patron se disputaient pour savoir s'il fallait faucher ou non, les météos donnaient des prévisions différentes, la patronne en tenait pour le baromètre de sa mère qui était suspendu dans la cuisine, entre les deux fenêtres ; les hommes ne l'écoutaient pas et, de plus en plus, le fils décidait tout seul. Joseph ne s'occupait pas de la météo, de mai à octobre il remplissait les arrosoirs et les brocs pour les fleurs de la patronne, deux arrosoirs en plastique noir sans pommeau et deux brocs bleus, un grand et un petit, qu'il plaçait aux bons endroits, la patronne n'aurait qu'à les soulever pour atteindre les pots disposés sur le rebord des quatre fenêtres du rez-de-chaussée. Quand on arrivait devant la maison, on ne voyait que les fleurs et les feuilles qui débordaient en rouge et vert des pots coincés entre les barreaux des fenêtres, ils débordaient des deux côtés mais plus vers la cour que vers l'intérieur des pièces, les pots n'auraient pas pu tomber, ça n'arrivait pas, il y avait des barreaux aux quatre fenêtres de cette ferme, au rez-de-chaussée, ils n'avaient pas été enlevés. La patronne n'avait pas demandé pour l'eau, Joseph avait pris l'habitude tout seul ; pendant la deuxième année de Joseph dans cette ferme, au mois d'août, la patronne était restée onze jours à l'hôpital à Aurillac pour une maladie de femme, on l'avait opérée et quand elle était revenue, on voyait que c'était difficile, le patron s'occupait des poules et des lapins et du jardin, Joseph arrosait les légumes avec le tuyau branché au robinet de la laiterie, et, ensuite, quand la patronne avait repris du service, il avait continué seulement pour les fleurs, c'était des géraniums dans des pots que le patron rentrait dans l'arrière-cave avant les premières gelées et ressortait après les saints de glace, jamais avant, la patronne n'aurait pas voulu et le patron faisait comme elle avait dit. Douze pots, les géraniums dataient de la mère de la patronne, ils duraient depuis tout ce temps, ils étaient très rouges, avec des feuilles luisantes et raides, et on n'en voyait pas de plus beaux dans le pays, nulle part, plusieurs fois Joseph s'était fait cette réflexion ; l'été, dans le bourg ou à Riom tout le monde avait des géraniums mais cette variété plus ancienne devait être meilleure. Le tuyau de la laiterie était trop court pour atteindre les pots et, de toute façon, la patronne disait que rien ne valait l'arrosoir ou le broc, on ne mettait que ce dont la plante avait besoin, ni plus ni moins, et l'eau était à bonne température, moins froide qu'au sortir du tuyau, elle répondait ça au fils ou au patron quand ils proposaient d'installer un autre système plus commode. Joseph préparait l'eau après le repas de midi, avant de redescendre à l'étable, à la grange ou au pré, la patronne arrosait le soir juste quand le chaud du jour était tombé, et en traversant la cour pour aller manger Joseph ralentissait un peu pour attraper le parfum des géraniums qui restait suspendu dans l'air et aurait presque pu faire penser à un dessert sucré. La patronne aimait aussi le patinage artistique, elle regardait vraiment, assise droite sur le banc et les mains posées sur le tablier, elle ne faisait pas autre chose et lais-sait les mots croisés, elle parlait entre ses dents sur les costumes de certaines femmes, elle secouait la tête et se tournait comme pour lui demander son avis vers le patron qui dormait plus ou moins devant la cuisinière. Avant d'aller se coucher, Joseph remettait le journal de la veille exactement dans ses plis et à sa place sur le meuble. Il montait le premier, entre neuf heures et demie et dix heures moins le quart ; il serait couché dans le lit, les yeux ouverts, il attendrait. Il se tiendrait dans son chaud ; le lit restait toujours propre, un samedi matin sur deux la patronne lavait les draps, avec le pyjama, les deux serviettes et le gant, elle faisait tourner cette lessive pour lui et chaque semaine, le vendredi, une autre avec toutes ses affaires, les pantalons, les polos, le pull ou le gilet et le linge de corps qu'il descendait dans un panier carré fermé avec un couvercle ; le matin il posait le panier sur la chaise à côté du congélateur dans le couloir, il prenait là aussi les piles propres qui sentaient bon le produit et refaisait lui-même son lit, les piles étaient parfaites, comme sur les catalogues ; la patronne ne repassait pas pour lui mais elle avait une manière d'étirer le linge à plat sur la table et de le plier comme avec des mains de fer qui était presque mieux que du repassage ; c'était réglé comme ça. Les combines pour l'étable et les chaussettes étaient lavées avec celles du fils et du patron dans une autre machine plus vieille installée dans le débarras. Joseph aurait su comment faire tout seul et sans rien abîmer parce qu'il était soigneux mais il avait compris que la patronne n'aimait pas que l'on touche à son électroménager. Il n'avait mal nulle part, tout son corps marchait bien, seulement la fatigue normale du vrai travail et une gêne ici ou là, dans les reins ou dans les épaules, après une grosse journée ou quand il avait forcé en s'y prenant mal, sans réfléchir. Il dormait à plat sur le dos, la couverture et le drap tirés sur lui sans pli ; la patronne avait enlevé le traversin et l'oreiller parce qu'il ne s'en servait pas, jamais, il le lui avait dit, il avait pris l'habitude dans les maisons de cure et l'avait gardée. La chambre est presque entièrement remplie par deux lits disposés tête-bêche. Il occupe celui qui fait face à la fenêtre, tout de suite à droite de la porte en entrant ; l'autre lit est recouvert d'une couverture rouge et lourde ; il ne pose rien dessus. À l'exception de ces deux lits de coin, hauts et anciens, en bois blond et ciré, et des deux chaises paillées qui les flanquent au chevet, la pièce est vide ; ni armoire ni commode dont on devine les luisances dans les autres chambres si une porte reste entrouverte. Pour ranger il dispose d'une étagère fixée sur toute la longueur de la cloison de planches larges et rousses. Il a peu d'affaires, tout tient dans une grosse valise dure et carrée qui lui vient de famille, du côté du père ; on avait toujours dit la valise de l'oncle Gustave, que le père et la mère appelaient l'oncle de Paris, mais il ne savait pas qui était cet oncle ni s'il avait vraiment vécu à Paris. Il laisse ses choses dans cette valise où elles restent à l'abri de la poussière ; le blouson d'été, la parka doublée pour l'hiver, les deux pantalons et la veste de sortie sont sur des cintres accrochés sous l'étagère qui ne sert pas sauf pour poser quatre boîtes à chaussures, une pour les slips, une pour les chaussettes, et deux pour les souliers propres, si on doit aller à un enterrement, ou à Riom ou même à Aurillac dans les bureaux des administrations pour des papiers. Une fois par semaine, le jeudi, la patronne fait le ménage des chambres d'en haut ; elle passe le chiffon et l'aspirateur et il sait qu'elle est soulagée parce que rien ne traîne, il ne salit pas, c'est net et impeccable. Elle ne fait pas de compliment sur lui mais il l'entend parler au patron des deux pièces du fils, sa chambre et le petit bureau, où, avant de penser à la poussière, il faut d'abord trier le sale et le propre mélangés et déblayer le capharnaüm, elle emploie cette expression qui sent la messe ou le catéchisme ; on y perdrait la santé, on n'a plus vingt ans, et on pourrait recommencer dès le lendemain, et jamais un mot de remerciement, c'est tout juste si Monsieur ne se plaint pas parce qu'il doit chercher un peu ses affaires qui ont été rangées à leur place ; et comment il ferait sans elle, il vivrait dans une porcherie, et il verra bien si les femmes d'aujourd'hui qui travaillent en dehors de la ferme et rapportent un salaire accepteront ce bazar. Le patron écoute d'une oreille, Joseph sent qu'il se retient, bien beau que le fils soit là, avec eux, pour continuer, bien beau qu'il ait le goût de ce métier, on n'a pas eu besoin de le forcer, tant pis pour le désordre, et les disputes pour la météo ou le programme de la télévision, mieux vaut ça que le rien et le vide quand on n'a pas de suite. Le patron rumine. Les soirs, avant de monter, Joseph dit bonsoir, sans regarder, on l'entend à peine mais on sait qu'il l'a dit.

Le fils fréquente. On le devine, il part les soirs, pas tous les soirs, en fin de semaine, le vendredi, ou le samedi surtout ; le lendemain matin il est là pour traire, un peu en retard, Joseph commence avec le patron, on s'arrange, le travail se fait quand même, et dans les temps. Le fils arrive en bottes et en combine comme s'il venait de sa chambre au-dessus de la cuisine, on suit ses habitudes, chacun connaît la musique, on n'a pas besoin de se parler. Le fils est blond, les cheveux bouclés en couronne tout autour de la tête comme des cheveux de femme ou d'enfant, il les lave beaucoup, Joseph sait que la patronne les coupe, c'est elle qui le fait, et souvent ; les cheveux ont toujours la même longueur ou presque, ils sont souples. Joseph n'a jamais vu quand ils le font, il comprend que ça doit se passer dans la salle de bains ou dans la chambre du fils et qu'ils veulent rester les deux. Dans l'étable, du côté du parc à veaux qui est moins bien éclairé, on voit de loin la tête blonde du fils. Il est grand et maigre, les filles doivent le trouver beau, il tient de la patronne qui a beaucoup de cheveux courts et très blancs. La patronne était peut-être blonde aussi, Joseph l'a pensé au début, mais il ne l'imagine pas jeune et on ne voit aucune photo d'elle fixée sur le frigo avec les cocci-nelles magnétiques ; on voit le patron avec les enfants du Lot alignés sur le mur et aussi, qui reste accrochée à la même place, en haut à droite, une photo du fils à dix-huit ans debout et sérieux à côté de sa première voiture. Joseph était entré dans cette ferme deux ans plus tôt. Le fils a gardé cette voiture long-temps, il conduit très bien, tous les véhicules, les voitures, les tracteurs, il a tous ses permis, le poids lourd aussi, mais la patronne lui fait la guerre parce qu'elle ne veut pas qu'il passe le permis moto ; le fils rit, il dit qu'il essaierait bien le permis pour les bateaux, ou les héli-coptères, et même les avions. Joseph a calculé que la patronne allait sur ses cinquante-quatre ans quand il est arrivé, elle a eu le fils tard, à trente-huit ans, elle n'a pas de frère ni de sœur, le fils n'a pas de cousin de ce côté et ceux du Lot ont tous au moins quinze ans de plus que lui, sont mariés, ont déjà des enfants ; quand ils viennent, le fils parle et plaisante avec eux, on sent qu'il est content et à l'aise, mais il ne va pas dans le Lot. Le fils a des amis, il voit du monde dehors, il est populaire ; son père emploie ce mot qui lui fait plaisir, comme si le tempérament du fils venait de lui, de sa tribu à lui, du Lot où l'on saurait se faire la vie plus douce, plus large. Le patron pense ces choses qui flottent autour de lui, des souvenirs de l'oncle marchand de bestiaux, ou des photos avec la brochette d'enfants ; et il a gardé son accent, un peu comme s'il souriait en parlant, même pour dire des choses raides, un accent de soleil tiède. Joseph trouve que le fils est un mélange réussi du patron et de la patronne, il a bonne façon avec les personnes pour la conversation, la fête et l'amusement, mais il sait se comporter au travail. S'il arrive en retard le matin, il rattrape, il s'applique, pas comme d'autres que Joseph a vus dans des fermes où tout était détraqué parce qu'un jeune qui s'était battu la veille ou avait bu trop de canons ne tenait pas sa place et s'énervait après tout, bêtes, machines et gens. S'énerver après les bêtes à coups de pied et de bâton ou casser le matériel n'est pas bon signe. Le fils ne dit presque rien à Joseph qui traite surtout avec le patron et travaille avec lui sans beaucoup de paroles ; on n'a pas eu besoin d'expliquer, il a vu au fur et à mesure comment les deux générations s'arrangeaient même si, sur les papiers, tout est au nom du fils depuis qu'il s'est installé juste en sortant de l'école. Dans les fermes où on se fait la guerre entre vieux et jeunes, c'est dur pour l'ouvrier qui se trouve sans savoir de quel côté se tourner quand l'un a dit blanc et l'autre noir. Joseph en a séparé des pères et des fils, ou des frères, ça s'empoignait au fond de l'étable ou à la grange juste à côté de la trappe ouverte sur un escalier bien raide, il a reçu des coups perdus et ensuite on l'a regardé de travers parce qu'il avait vu ce qui doit rester caché dans le secret des familles. C'est la boisson qui est le pire. Tant que les parents sont là et en bonne santé pour aider, ils ont leur mot à dire et le fils continuera le fromage, le saint-nectaire, parce que la ferme est dans la zone d'appellation contrôlée, juste à la limite mais encore dans la zone ; dans une ferme organisée comme celle-là, on a besoin d'un ouvrier comme lui pour aider et on peut le payer uniquement si on transforme le lait ; mais tout le monde sait ce que le fils pense ; le fils pense qu'ils travaillent pour payer l'ouvrier, à cause des charges, et que c'est un système périmé. Joseph comprend ; il voit que les autres qui travaillaient dans les fermes avec lui pendant toute sa vie ont changé de métier ou étaient toujours plus vieux et sont morts, de boisson, de maladie, ou de vieillesse, de l'une ou de l'autre ou des trois à la fois, il est seul à continuer, ou presque seul, quatre ou cinq par canton, pas plus. Quand les parents se retireront vraiment, et pas seulement sur le papier, le fils arrêtera la fabrication du saint-nectaire parce que c'est trop tenu et que les jeunes ne veulent plus vivre comme ça ; ils trouvent le moyen de faire autrement, ils se mettent à plusieurs dans des groupements, Joseph ne sait plus les sigles qui changent tout le temps mais il verrait bien le fils s'associer avec d'autres. La patronne tordrait le nez, elle le tordrait encore plus si on finissait par donner le lait au laitier dans cette ferme où, depuis ses grands-parents, on a toujours fait le fromage. Quand le patron dit qu'il faut vivre avec son temps, elle ne répond rien devant Joseph mais on l'entend penser. Les parents de la copine du fils, on dirait ce mot si on en parlait à table, le patron l'a employé une fois avec Joseph quand ils étaient tous les deux, les parents de la copine du fils ne sont pas paysans, ses grands-parents l'étaient, des deux côtés, on sait d'où elle sort ; elle étudie à Clermont pour devenir institutrice, professeur des écoles on les appelle maintenant les maîtres mais c'est pareil, sa mère s'occupe des maternelles à Lugarde et le père travaille dans la mécanique agricole. Il faut que le fils fréquente, il a eu vingt-sept ans, c'est le moment, après trente ans on prendrait des habitudes de vieux garçon. On en connaît dans le pays de ces familles rétrécies, avec le fils qui vieillit entre le père et la mère ; on préfère ne pas penser à ce que ça donne quand les fils se retrouvent seuls ; on n'a pas besoin d'y penser, on le voit ; certains en rient dans les cafés quand on raconte les histoires d'untel ou untel, c'est peut-être la meilleure façon de s'arranger avec la tristesse. Joseph ne va plus du tout du tout dans les cafés et il n'entend plus ce que les gens disent ; il riait aussi avec les autres. Il se souvient de Frédéric qui était resté seul d'une famille de trois, deux garçons et une fille, aucun de marié, à La Fage, une ferme au bord de la route entre Marcenat et Saint-Bonnet ; Frédéric ne buvait pas, il n'avait pas le permis de conduire, il roulait en vélomoteur ou avec le petit tracteur, il disait qu'il voulait trouver une femme, il passerait une annonce, il irait à la télévision dans une émission sur la six, ou plus exactement la télévision viendrait chez lui avec des personnes sélectionnées, elles verraient la maison, le pays, tout, si ça pourrait leur plaire, il aurait le choix ; l'été il se tenait les après-midi dans le jardin à gratter ses légumes pour voir passer les voitures sur la route et faire un signe et dire trois paroles à quelqu'un qui se serait arrêté ; il avait demandé à la coiffeuse qui venait à domicile de lui teindre les cheveux, il était un peu roux, il avait tenu quatre années, ensuite il avait eu une maladie qui l'avait ramassé en six mois. Avant de fréquenter cette fille qui étudie, le fils allait avec les autres au *Ranch*, en Planèze, du côté de Saint-Flour, c'est comme une sorte de discothèque, un dancing ou une boîte les jeunes ont plusieurs mots, c'est ouvert toute l'année ; Joseph ne connaît pas, il a seulement entendu parler. Il sait aussi qu'il existe un endroit pour les gens de son âge, pour se rencontrer, et danser, le dimanche en fin d'après-midi ou les soirs, *La Corbeille d'or*, c'est loin, à l'autre bout du département, entre Mauriac et Ydes. Les jeunes partent au *Ranch* à plusieurs dans des voitures pleines ; la patronne ne vivait plus quand elle savait le fils sur les routes avec les autres ; on voyait le matin qu'elle n'avait pas bonne figure, elle se rongeait, et elle lisait à voix haute devant tout le monde les articles de *La Montagne* qui parlaient de jeunes tués au retour du bal dans des accidents, ou qui restaient handicapés. Elle insistait, grièvement blessés, le conducteur a perdu le contrôle du véhicule et a percuté, elle ruminait, le fauteuil roulant ou le cimetière, c'est ça que vous voulez. Le fils ne répondait pas et le patron aurait changé de sujet. La patronne s'énervait après ce ranch qui était à quarante kilomètres mais un malheur pouvait aussi bien arriver l'été quand les jeunes faisaient le tour des fêtes du coin avec le parquet-salon monté sur la place, le concours de boules, le feu d'artifice, une baraque de tir et un manège pour les enfants. Dans ces bals, ils se battaient pour un oui pour un non, sans trop savoir pourquoi, surtout pour se montrer. Le fils, quand il avait vingt ans, était revenu bien arrangé deux ou trois fois. Joseph avait toujours été embarrassé de lui-même dans les bals où il allait avec Michel qui était fin danseur et aimait faire le coup de poing ; Michel n'était pas plus costaud que les autres, mais vif, et malin ; avant de partir au service, il était connu dans les quatre cantons, Riom, Condat, Allanche, Murat. Quand la patronne parle des tués en voiture, Joseph se tait mais il sait par cœur une liste de noms, avec les dates, et les âges, et même une fois le frère et la sœur ensemble, Paul et Nicole, de Fridières, commune de Saint-Amandin, vingt et vingt-deux ans. Il faut fréquenter, et faire maison. C'est la grande affaire du patron, et son expression, faire maison ; la patronne a son idée aussi, elle serait difficile et tordrait le nez parce que la bru, personne n'emploie plus ce mot, ne saurait pas ou ne voudrait pas faire ceci ou

cela, et garderait son indépendance en tra-
vaillant dehors au lieu de tenir la maison,
cuisine, ménage et linge, et de s'occuper de
tout ce qui doit être fait dans une ferme, le
jardin, la volaille, les lapins ; sans parler des
enfants, s'il y en a, quand il y en a, un ou
deux ; et des fromages, à fabriquer matin et
soir, à surveiller, à tourner et retourner et
essuyer, même avec ces caves réfrigérées
modernes qui n'enlèvent pas la peine ni le
soin ; on pourrait ne jamais s'arrêter, d'ailleurs la patronne ne s'arrête jamais. Le patron
ne cède pas ; ils discutent quand le fils n'est
pas là, surtout depuis qu'il a quelqu'un de
sérieux, et, certains soirs, Joseph entend que
ça continue quand il monte se coucher.
Devant lui, on reste dans des généralités qui
peuvent s'appliquer aussi bien au fils qu'à
d'autres personnes ; le patron répète que les
temps ont changé, dans une ferme moyenne
de nos jours on a besoin d'un autre salaire
pour vivre dans des conditions correctes sans
tirer la langue systématiquement à partir du
quinze du mois et calculer au plus serré pour
tout ; ou alors il faut carrément voir en très
grand et s'associer, avec de gros investisse-
ments à la clef ; s'associer est un mot que la
patronne n'aime pas ; le patron s'emballe, on
n'est pas sur une île déserte, ni dans un
royaume ; il a ses expressions que Joseph sent

venir, on se suffit plus, il faut aller par le pont ou par l'eau, il faut tirer le vin et le boire sans attendre que d'autres le fassent à votre place. La patronne se retient, elle s'énerverait. Un peu de temps passe ; Joseph entend la télévision dans son dos et le crayon des mots croisés sur le papier si la patronne a eu la tête à s'y remettre ; elle laisse le journal ouvert devant elle et elle lisse la page de sa main droite posée à plat ; elle finit par dire qu'il faut déjà que les jeunes trouvent quelqu'un avec qui ça dure, on voit tant de divorces et de séparations de nos jours, mariés ou pas mariés, même avec des enfants, et même dans l'agriculture, avec des situations impossibles quand le mari et la femme travaillent ensemble, une ferme, des vaches, des terres, comment les couper en deux, et quand le bien venait de famille et qu'il faut tout bazarder pour des caprices parce que les affaires n'ont pas été séparées dès le départ chez le notaire avec un contrat. Elle secoue la tête, comme les bêtes l'été quand les mouches les tracassent. Le patron triomphe, tu vois que c'est mieux que les femmes travaillent de leur côté ; le patron ne parle pas de l'entente entre les personnes, jamais. On ne discute pas de ces sujets à midi, c'est pour le soir seulement. Joseph n'a pas fait maison, les gens comme lui ne font pas maison. Il a connu peu d'ouvriers agricoles mariés, avec des enfants, un logement et une voiture pour les trajets entre la maison et la ferme ; il se récite des noms, cinq ou six, et des dates ; il se souvient d'un vacher qui avait travaillé trente-quatre ans chez le même patron et l'avait mis aux prud'hommes au moment de la retraite ; son fils avait étudié le droit à Clermont, était devenu avocat à Montpellier, et s'était rendu compte que quelque chose n'allait pas dans les déclarations des trimestres de cotisations de son père ; le vacher avait gagné son procès mais les gens disaient qu'il ne sortait plus, il était devenu bizarre, les idées de son fils lui avaient tourné la tête, ou il n'osait plus se montrer. Tout le pays en avait plus ou moins parlé pendant des mois ; si les patrons étaient surveillés comme le lait sur le feu pour les horaires de travail et menacés du tribunal pour un oui pour un non, ils baisseraient pavillon, ils seraient obligés, ils s'arrangeraient autrement, en famille, et se passeraient d'ouvriers ; et comment savoir à qui on pouvait faire confiance ; allez parler des quarante heures, ou des trente-cinq et des samedis et des dimanches, dans une ferme, il faut s'occuper des bêtes tous les jours de l'année, matin et soir, et ramasser le foin quand il est sec ou en vitesse avant l'orage sans se demander si les horaires sont dépassés ; et les études de leurs enfants, ils les payent avec quoi les ouvriers, avec l'argent de qui ; et elles servent à quoi ces études, juste à détraquer les gens. Joseph était beaucoup dans les cafés à ce moment-là, et pas toujours en état de suivre, mais une fois ou deux, il s'était énervé au sujet de l'argent et des études, surtout parce que ça le révoltait d'entendre des paroles pareilles, comme si les ouvriers avaient volé leur salaire, au lieu de se crever à le gagner. Il ne s'embrouillait pas dans ses mots, il avait les idées claires pour la politique ; sans la boisson il serait resté tranquille, les gens le laissaient faire parce qu'ils le connaissaient et savaient où il en était. Joseph avait eu un trou dans sa vie, au milieu, entre trente-deux et quarante-sept ans ; il y pensait comme à un fossé plein de boue froide avec des bords glissants où il serait tombé en sortant du café, et rien pour s'appuyer, rien à quoi se tenir ; on en avait retrouvé un comme lui une fois, mort saoul dans le fossé dans la nuit du 13 au 14 décembre 1985, il avait neigé, le gars avait glissé, aucune voiture, personne n'était passé pendant des heures et des heures, on l'avait ramassé tout raide le matin et on avait dit que ça devait mal finir, que c'était à prévoir ; c'était à prévoir mais on n'avait pas prévu, et pas empêché. À cette époque Joseph connaissait Sylvie, ils étaient ensemble, elle

travaillait à la maison de retraite de Marcenat, il n'avait pas vraiment fait attention mais,
plus tard, il s'était rendu compte qu'il se souvenait de la date exacte et aussi du surnom
du gars, que tout le monde appelait Ringo, on
ne savait plus pourquoi, peut-être à cause du
chanteur. Quand ces années, avec la peur, le
manque de tout, l'abandon, et les cures,
remontaient au milieu du reste, Joseph se
demandait encore comment il avait pu sortir
de cette misère, pour lui il appelait ça la
misère, et il n'en parlait à personne. La peur
restait dans un coin de lui, il la sentait ; quand
elle remuait, il fallait vite penser aux listes
pour s'endormir si on était au lit, ou se jeter
dans un travail qui occupait vraiment ; ça
passait, tout rentrait dans l'ordre, et il tenait,
il se tenait bien, il faisait attention, il s'appliquait ; il avait senti en arrivant que cette
ferme serait un bon endroit pour tenir, surtout avec cette patronne qui avait l'œil et ne
laissait rien aller de travers. Elle avait dû
hésiter avant d'accepter de le prendre, lui,
avec sa réputation, même si on savait dans le
pays qu'il avait été un bon ouvrier, avant ses
ennuis, tout à fait capable, et doué avec les
bêtes, il était très fort avec les bêtes, on n'en
trouverait plus des gens comme lui qui
avaient la patience, le goût et le don ; le
patron avait insisté, et bataillé sans doute ; le

patron lui avait fait confiance, il avait seulement dit une fois, au tout début, en le regardant aux yeux, le canon on n'y touche pas ici, pas de poivrot chez nous. À table la patronne et le fils buvaient du sirop, le patron se servait ses deux verres de vin, la bouteille restait devant lui, entre Joseph, qui lui faisait face, et lui ; Joseph était à l'eau. Il était vraiment tombé dans la boisson quand Sylvie l'avait laissé, mais il avait commencé avant, et même avec elle à la fin quand ça n'allait plus. À la trentaine, il aurait voulu se fixer avec une femme ; la mère disait que peut-être, quand Michel et Caroline auraient des enfants là-bas, occupés comme ils étaient avec leur café qui marchait bien, elle partirait à Croisset où ils habitaient, à côté de Rouen, elle rendrait service. Caroline était fille unique, sa mère était morte et son père remarié, loin, à Nice ou à Cannes ; la mère appelait le père de Caroline Monsieur Bourais, et répétait que, pour acheter l'affaire, il avait donné beaucoup d'argent, la mère n'en avait pas et elle trouvait que c'était embêtant pour un homme d'être un peu inférieur dans son ménage à cause des parents. Elle voulait que Michel réussisse et si elle pouvait l'aider en s'occupant des enfants plus tard, elle le ferait, elle partirait, elle rétablirait un peu l'équilibre. On sentait que la mère avait envie, elle avait peur aussi, mais plus d'envie que de peur. La mère parlait de Michel, elle attendait le téléphone, elle regardait des photos du mariage, de la nouvelle devanture du bar-tabac-maison de la presse après l'agrandissement, elle vivait déjà un peu là-bas, elle disait que c'était des pays plus doux, ils pensaient à une petite maison pour elle juste à côté, avec un bout de terrain, elle pourrait avoir ses légumes, les jardins étaient beaux dans ces coins. Caroline deviendrait comme sa fille. Joseph écoutait ; cette Caroline était raide et blonde, avec une grosse poitrine, les bras et les jambes presque maigres, le nez pointu, des yeux gris mat, et une tête petite qui bougeait tout le temps ; elle avait l'air de picorer, ou de donner des coups de bec. Elle était venue deux fois, Michel l'avait amenée, ça devait se faire mais on sentait qu'ils n'avaient pas envie d'être là, ni l'un ni l'autre ; elle levait haut les pieds comme si elle avait marché dans la neige, ses chaussures vernies beiges faisaient mal rien qu'à les regarder et elle portait un pull à col rond et à manches courtes sous un gilet assorti, les deux bien serrés sur le corps comme une carapace verte. Quand elle croyait que personne ne la voyait elle pinçait un peu ses lèvres minces et un pli se dessinait entre ses deux sourcils très droits ; le reste du temps, elle faisait des manières et parlait à la mère ou aux voisins avec le sourire étiré qu'elle devait avoir en vendant des cartouches de cigarettes derrière son comptoir. Joseph avait senti qu'elle les vomissait, eux, ce pays, ces gens restés là dans des fermes même pas modernes, des machins de rien du tout où ils s'obstinaient à traire leurs vaches rouges caractérielles qui retiennent le lait tant qu'elles n'ont pas eu leur veau sous elles, ils ont un mot dans leur patois, amirer, ils disent ce mot de rien et ils ont l'air presque contents de se casser la tête et de perdre du temps pour gagner trois francs six sous avec leurs vieilleries. Il fallait s'adapter, Michel parlait vite et secouait ce mot entre ses dents ; rien dans ce pays n'était adapté, ni les gens, ni les vaches, ni les chiens, des corniauds mélangés qui aboyaient à tort et à travers et couraient après tout ce qui roule, ni les bâtiments, des baraques insensées avec des toitures infernales pour l'entretien, des maisons sombres impossibles à chauffer et des granges trop petites pour les engins agricoles ; et les routes c'était le pire, les routes qui ne finissaient pas, on n'arrivait jamais, et on aurait accroché la voiture, une Renault 16 presque neuve, bien motorisée, le père de Caroline l'avait laissée pour en acheter une plus grosse, c'était pas pour l'abîmer en croisant une 4 L pourrie ou pour se traîner derrière un tracteur et un

tombereau plein de bouse. Michel l'avait présenté, lui, à sa Caroline, en disant mon frère
qui est dans l'agriculture. Cette Caroline
n'embrassait pas les personnes, elle les touchait un peu de la joue, c'était presque brutal
et elle pointait en arrière ses fesses plates serrées dans la jupe beige. Heureusement que le
père n'était plus là, Michel aurait eu du mal
à faire avaler la pilule, surtout que le père
était très porté sur la chose et aurait certainement lancé de fortes paroles à ce sujet qui
devait être délicat avec une femme aussi car-
tonnée de partout. Ils étaient montés au cimetière, la mère les suivait et se multipliait pour
plaire et aurait presque fait honte à Joseph
s'il avait dû rester longtemps avec eux, mais
il était juste venu pour un repas, les deux fois,
et il n'avait vu sa belle-sœur que quatre ou
cinq heures dans sa vie, puisqu'il n'était pas
allé au mariage et que la messe d'enterrement
de la mère avait été dite là-bas, à Croisset ;
ensuite Michel était monté seul pour accompagner le cercueil, on n'allait pas fermer le
café deux jours entiers en semaine et les filles
ne pouvaient pas poser trop de congés avec
les gros postes qu'elles avaient à Paris dans
des banques. Joseph ne connaissait ses nièces,
Emma et Marie, qu'en photo ; la mère en
avait envoyé au début, à l'adresse de la voisine, la Simone, pas beaucoup, une ou deux,

après la naissance, et ensuite de petites photos d'école, format identité, une autre pour chaque communion, et aussi, une fois, une page imprimée par ordinateur, avec des couleurs pâles, où on voyait devant un sapin de Noël en matière plastique blanche deux grandes filles à lunettes qui s'appuyaient en riant sur Michel. Chaque fois la mère écrivait trois mots, presque rien, sur la santé, elle signait maman. Michel avait un peu grossi peut-être, et il fermait les yeux, mais il avait l'air content avec ses filles devant le sapin. Joseph gardait ce papier plié avec les photos dans une enveloppe qui restait dans la valise de l'oncle de Paris. La mère avait tenu à être enterrée à Saint-Saturnin, dans le cimetière penché, en face du bois de Combes, avec le père et ses parents et sa sœur Joséphine qu'elle avait perdue jeune ; le prénom de la mère était Félicité, il n'avait jamais rencontré personne d'autre avec ce prénom, et le sien, Joseph, c'était à cause de cette sœur morte à dix-sept ans, on ne savait pas de quoi. On ne savait pas non plus si la famille du père avait encore une tombe dans le cimetière de Vèze, un pays encore plus perdu que Saint-Saturnin, ils y étaient allés deux ou trois fois, Michel et lui, avec les parents à la Toussaint, quand ils avaient huit ou neuf ans, la route tournait et tournait, Michel avait vomi dans le fossé ; on s'était juste arrêté au cimetière, les lèvres du père remuaient et la mère gardait son sac marron serré sur elle comme pour se tenir chaud, on n'avait connu personne. En vieillissant Joseph se rendait compte qu'il en savait moins sur sa propre famille, des deux côtés, que sur l'état civil de tout le canton. Dans la valise de l'oncle Gustave il gardait une autre enveloppe avec de l'argent pour son enterrement, il en mettait de côté chaque mois depuis qu'il travaillait dans cette ferme, il avait lu un article dans le journal, les obsèques coûtaient cher, il avait écrit ce mot sur l'enveloppe, obsèques, en majuscules, et précisé dessous, à Saint-Saturnin.

Il avait eu, comme un autre, son histoire d'amour. Il avait trouvé Sylvie au bal à Condat. Il allait sur ses trente ans, la mère était partie ; elle en avait parlé pendant cinq ans, depuis le mariage de Michel, et ensuite, en quelques mois, tout s'était précisé ; là-bas, à Croisset on attendait des jumelles. Au début Caroline avait beaucoup pleuré, elle voulait un garçon et un seul enfant, on avait tout faux ; la mère répétait les mots de Michel qui lui téléphonait à peu près une fois par mois, le dimanche, le seul soir de fermeture ; on avait tout faux, deux et deux filles, mais Caroline était une battante, elle avait repris le dessus. En rassemblant ses miettes à côté de son verre, du bout de l'index de la main droite, comme elle avait toujours fait à la fin du repas, la mère disait, ça vient de notre côté les jumeaux, c'est de nous, c'est de chez votre père, ils en ont toujours eu, une fois au moins

72

par génération, à la guerre de quatorze ils ont été tués le même jour à un an d'intervalle, Marius et Germain, ils sont marqués sur le monument à Vèze, l'oncle de Paris, Gustave, celui de la valise, était leur frère aîné. La mère avait presque l'air de s'excuser quand elle parlait de cette affaire des jumeaux qui venait de famille et dont Michel avait hérité, mais Joseph sentait aussi qu'elle était fière, Michel aurait deux enfants à la fois, même si c'était seulement des filles. À Croisset, on faisait face, on s'organisait, le logement pour la mère était prêt, au rez-de-chaussée de la maison que Michel et Caroline avaient achetée presque en face du café ; ils avaient mis des locataires en haut, des retraités de la Sécurité sociale, un ménage sans enfants, frais comme des gardons, ils dureraient longtemps, ils ne s'étaient pas tués au travail comme d'autres qui toucheraient moins de retraite qu'eux. La mère donnait tous les détails à Joseph quand il venait le dimanche à midi, il ne posait pas de questions et ne faisait pas de commentaires ; le loyer des retraités payait le remboursement à la banque qui n'était pas gros parce que Michel et Caroline n'avaient pas eu besoin d'emprunter beaucoup, même en comptant les travaux. C'était mieux que la petite maison à laquelle ils avaient pensé d'abord, il fallait voir loin, investir, se lancer.

Elle aurait même son bout de jardin, ça serait bien pour les petites plus tard, pour jouer dehors, elle y mettrait des légumes, si c'était possible de s'en occuper avec les enfants ; deux à la fois, elle savait ce que c'était, et dans des conditions bien moins confortables, une maison pas chauffée, les couches à laver, à faire sécher, pendant tout l'hiver, et le travail de la ferme ; et lui, Joseph, qui prenait mal le biberon, Michel avait toujours été goulu, il profitait mieux, mais il criait, il criait, il n'aurait jamais dormi. La mère parlait comme pour bercer sa peur de ne pas y arriver, de ne pas être à la hauteur de ce qu'attendaient Caroline et Michel qui étaient des travailleurs de force, durs pour eux-mêmes et pour les autres, d'ailleurs ils n'avaient pas d'employés, ils n'auraient supporté personne, et avec les charges qui pesaient sur les commerçants, les commerçants n'étaient pas soutenus et l'argent de l'Europe n'arrivait pas dans leur poche. Joseph levait un œil, il regardait la mère qui ne s'était jamais piquée de politique, encore moins d'économie, et ne serait pas allée voter si le père n'avait pas insisté. Il sentait sa panique, il ne savait pas quoi lui dire, et comprenait qu'elle s'inquiétait aussi pour lui. Les dernières semaines elle avait répété plusieurs fois, sans le regarder, il faudra te trouver une femme. Michel était venu chercher la mère le dimanche 17 juin 1984 ; il était parti de Crois-set juste après la fermeture, le dimanche matin ça tournait à fond, surtout pour le PMU, les cigarettes, et les journaux, on s'oc-cupait de tout à la fois, Caroline n'aurait pas suffi, dans son état. On roulerait de nuit, la voiture était bien suspendue, la mère pourrait dormir et Michel ferait l'ouverture du lundi comme d'habitude. La mère avait tout pré-paré ; Michel avait insisté, aucun meuble, il venait avec le break pas avec un camion de déménagement, et la maison était équipée, tout du neuf, la mère le répétait, même la vaisselle, les cuillères, les fourchettes, tout, les gants, les serviettes, les torchons ; du neuf ou des choses qui avaient à peine servi à la mère de Caroline qui avait le goût et les moyens de changer souvent d'affaires. Michel était content, et fier d'offrir un logement neuf, impeccable, avec une vraie salle à manger séparée de la cuisine ; la mère regarderait la télévision dans un canapé avec en face et sur les côtés aux murs la collection de canevas de la mère de Caroline qui ne savait pas s'arrêter et tirait l'aiguille derrière le comptoir entre deux clients ; des bouquets, des petits et des grands avec des couleurs et des détails, fallait voir, et chaque canevas dans un cadre assorti qui avait été fait exprès, il les avait tous accro-

chés, un par un, Caroline y tenait, en mémoire
de sa mère qui aurait bien voulu les exposer
mais n'en avait pas eu le temps. La mère
serait chez son fils et sa belle-fille, autant dire
comme chez elle après avoir vécu toute sa vie,
avec ses parents et le père, chez les autres
dans les bâtiments plus ou moins rafistolés
de fermes louées et plantées au milieu de rien
ou dans des bourgs en perte de vitesse. Ce
mot de vitesse allait bien à Michel, il lui sif-
flait entre les dents de devant qu'il avait larges
et écartées ; il disait aussi faire fissa pour
aller vite, ou fissa fissa pour accélérer le mouvement, il le disait aux vaches, à Joseph et
même au père quand il revenait en permission au moment du régiment ; il aidait pour
faner et pour traire, il était excellent pour la
mécanique, et de bonne volonté, et pas
méchant, et doux avec la mère ; il aurait bien
donné la main pour n'importe quoi, mais on
sentait que tout était trop lent pour lui, trop
lent trop vieux trop petit usé fini fini rétamé
foutu. Le père avait du mal à le supporter
plus de deux jours, une fois ou deux ils se
seraient même embrochés si Joseph ne s'était
pas mis en travers ; quand Michel venait, le
père forçait un peu plus sur la boisson et tout
était difficile ; trois hommes, c'était trop pour
une ferme comme celle-là, déjà Joseph cher-
chait à faire des journées ailleurs, même si ça

ne plaisait pas ; lui, Joseph, il aimait bien, il savait travailler, surtout avec les bêtes, et les gens le reconnaissaient, il gagnait son argent et il trouvait plus commode d'être commandé par les autres que par son propre père. À la fin de sa dernière permission Michel avait expliqué que son meilleur copain de régiment lui proposait une place de garçon de café à Clamart, chez son oncle qui avait besoin de quelqu'un tout de suite ; le copain en question allait prendre sa propre affaire, dans une autre banlieue, c'était de famille, ils tenaient tous des cafés, depuis la génération des grands-parents. Michel avait été présenté et il avait bien plu, il en aurait raconté davantage, mais le père s'était levé, avait dit qu'il y avait plus que les corniauds comme lui pour rester paysans et il était parti se coucher. La mère n'avait pas parlé, n'avait pas pleuré non plus, Joseph s'en souvenait. Plus tard, à un mariage, Michel avait rencontré Caroline qui était une des six cousines de son copain de régiment. Le père était mort en septembre, dix-sept mois après le départ de Michel ; il ne buvait pas plus, ni moins, il était tombé dans la cour, juste devant la maison, en se relevant de la sieste, la mère l'avait vu tout de suite, elle avait appelé les voisins et Joseph qui rassemblait les vaches pour aller traire. Le médecin avait dit que c'était une attaque. Le lendemain de l'enterrement du père, le matin, avant de repartir, Michel avait parlé à Joseph et à la mère, sa voix venait de loin et il était comme tout serré de l'intérieur. Il avait expliqué ; le commerce lui plaisait, tôt ou tard et le plus vite possible il prendrait sa propre affaire, et il aurait besoin de quelqu'un, Joseph pourrait venir, et ensuite la mère, une fois que les choses seraient lancées, il faudrait travailler dur, et se dégourdir avec la clientèle, mais on apprenait, tout s'apprenait sur le tas, c'était la meilleure école. Joseph n'avait dit ni oui ni non ; il savait qu'il ne continuerait pas la ferme, les propriétaires étaient âgés, le bail au nom du père arrivait à échéance, ils parlaient de vendre pour faciliter le partage entre leurs trois enfants qui n'étaient pas du tout attachés au pays. En attendant de voir, Joseph avait trouvé facilement une place dans une grosse propriété de la commune de Dienne, il mangeait avec la mère le dimanche, elle faisait son linge et il lui donnait quelque chose chaque mois, il avait gardé la vieille voiture du père pour les trajets. Ils s'arrangeaient bien, ils ne parlaient ni du père ni d'agriculture ; la mère vivait dans trois petites pièces très nues, claires et blanches, louées à la commune au-dessus de la supérette, elle était tranquille et Joseph la trouvait rajeunie. Elle travaillait six heures par jour, trois heures le matin et trois heures le soir, dimanche compris, chez une veuve de soixante-dix ans qui avait hérité d'une grosse maison à la sortie du bourg et ne venait pas à bout de tout ce qu'il y avait à faire. Le reste du temps elle s'occupait chez elle et restait un peu assise à lire *La Montagne* de la veille que lui prêtait la dame ; elle disait la dame, pas la patronne ni Madame Aubain. Elle lisait aussi de gros livres, des romans policiers traduits de l'anglais, qu'elle empruntait à la poste où se trouvait le dépôt de la bibliothèque départementale. Elle avait essayé d'autres livres qui se passaient dans des fermes ou à la campagne et ne l'avaient pas intéressée parce qu'elle connaissait déjà. Elle s'ennuyait seulement d'un peu de terrain pour faire un jardin ; Madame Aubain ne jurait que par le ciment et le gravillon et ne voulait ni fleurs ni légumes ni arbustes, rien qui pousse, rien qui ait des feuilles qui tombent et font sale, pas même un rosier, la végétation donnait trop de peine, il fallait toujours tailler par-ci, nettoyer par-là, on n'en finissait pas ; et la mère n'osait pas demander à quelqu'un d'autre dans le bourg où les jardins n'étaient pourtant pas tous entretenus ; ça se serait su, on aurait fait des commentaires. Cette Madame Aubain n'était pas une personne agréable, elle avait été très gâtée, chouchoutée par son mari qui était beaucoup plus âgé, l'adorait et lui passait tous ses caprices. Elle gardait dans une grande cage à roulettes un perroquet vert et bleu acheté à Paris sur les quais, il ne savait dire que quatre mots, je vous salue Marie, et salissait beaucoup autour de lui, c'était du travail inutile. Madame Aubain et son mari avaient perdu un fils unique, un petit Charles, à quatorze mois. Joseph devinait les mots de Madame Aubain, adorer, chouchouter, les quais, la végétation, ou caprices, dans ce que racontait la mère à jet continu sans s'arrêter trois secondes le dimanche pendant les deux heures qu'il restait avec elle. Il comprenait que la mère s'était retenue pendant plus de vingt ans avec le père qui avait la langue bien pendue et prenait toute la place ; il sentait aussi qu'elle n'avait plus peur, peur du verre de trop et de ce qui allait avec, peur qu'il arrive un malheur à une bête, que le foin se mouille, que le tracteur tombe en panne, peur des dépenses imprévues et des factures qui restent sur le bord du buffet en attendant que l'argent des veaux rentre, on voudrait bien ne pas voir le coin de l'enveloppe qui dépasse, mais c'est là, et c'est têtu, et il n'y aura pas de miracle. Le jour où il était venu chercher la mère, Michel était comme un enfant qui a attrapé le pompon et gagné un tour de manège gratuit ; il éclatait de contentement, il rassemblait ses femmes, il allait pouvoir donner sa pleine mesure, se déployer, être tout à la fois, fils mari père. La mère, pendant les semaines précédentes, avait longuement préparé ses affaires, elle n'en parlait pas à Joseph, mais il voyait que les trois pièces étaient de plus en plus vides, comme déjà désertées ; il ne savait pas, et préférait ne pas savoir, ce que la mère ferait des quelques bricoles auxquelles elle tenait, une chaise basse de nourrice qui lui venait de chez ses parents, un coffre à bois fabriqué par son oncle et parrain, menuisier à Lugarde pendant cinquante ans. La Simone qui avait une petite grange vide dans le bourg acceptait d'y conserver la gazinière, le frigo, un buffet, le lit, la table ; Joseph aurait de quoi s'équiper quand il se déciderait à louer un logement, il le faudrait maintenant qu'il restait sans personne. Les affaires de la mère tenaient dans quatre grosses valises marron en Skaï que Joseph ne lui connaissait pas ; Michel avait empoigné en riant le coffre et la chaise qu'il avait coincés à l'arrière de la voiture ; Joseph s'était occupé des valises ; on devinait la mère soulagée, et comme pressée d'en finir. Michel avait fait un saut au cimetière. Joseph avait embrassé sa mère en la prenant aux épaules, il avait senti sous ses mains le tissu mince et tiède de la veste bleue qu'elle gardait propre pour les grandes occasions ; la mère n'avait rien su dire et lui non plus. La voisine s'était tenue devant sa porte, agitant la main droite dans un geste d'enfance ; ensuite la voiture n'avait plus été là. Joseph avait attendu un peu dans le dimanche soir gris mouillé de pluie douce avant de remonter à la ferme où, même s'il avait demandé sa demi-journée, il préférait arriver à temps pour aider à finir les fromages et nettoyer la laiterie. Dans cette ferme l'autre ouvrier était un jeune de vingt ans qui avait le bal dans le corps, tout lui était bon, les danses de son âge et celles des vieux, la bourrée, la valse, le jerk, le rock et d'autres dont Joseph ne savait pas le nom. Ce Paul avait été opéré d'un bec-de-lièvre, il cachait sa bouche vilaine sous une moustache et une barbe très noires dont il prenait grand soin, mais ça ne suffisait pas tout à fait et les filles se faisaient un peu prier pour aller avec lui. Il n'aurait pas manqué un seul bal, ceux du samedi ou du dimanche soir pour les jeunes, ceux du mardi pour les autres qui avaient passé l'âge de se démener et de s'arracher les bras dans des nuages de fumée sous des sonos impossibles. Il entraînait Joseph, il lui récitait le programme complet de toutes les fêtes patronales des trois cantons, il se moquait en lui demandant s'il voulait finir vieux garçon, ou se mettre en ménage avec la

Marquise, une vache aubrac de cette ferme, une bête de concours, sélectionnée, une folie du patron qui ne venait pas à bout de cette Marquise délurée dont seul Joseph savait se faire obéir. Paul était joyeux, et toujours d'attaque pour le travail, même s'il ne s'était pas couché du tout entre la fin du bal et l'heure de la traite ; Joseph avait l'œil, il passait derrière et ferait le nécessaire si Paul avait été un peu rapide ou négligent. À Condat, le deuxième dimanche d'août, Joseph s'était tenu longtemps près de l'entrée du parquet-salon, debout, appuyé de l'épaule et de la hanche contre l'un des poteaux métalliques de l'armature amovible qui serait démontée dans la nuit du mardi au mercredi pour être transportée dans une commune voisine, à Lugarde ou à Marcenat. Il se laissait traverser par la grosse musique ; en face de lui, quatre filles qu'il ne connaissait pas, qui n'étaient pas du pays, riaient, se lançaient tour à tour deux par deux sur la piste, sautaient plus qu'elles ne dansaient. L'une d'entre elles paraissait plus âgée que les autres, on le voyait à sa façon de fumer et de rire qui était plus calculée, moins jetée en l'air pour rien ; elle regardait, elle avait regardé Joseph deux ou trois fois, il avait senti ses yeux passer sur lui, il avait fait celui qui n'a rien vu. La fille s'était avancée, carrément, les trois autres chahu-

83

taient ensemble en poussant des cris, elle lui avait parlé droit en face, t'es tout seul toi tu danses pas on va boire un coup. Plus tard Joseph s'était dit qu'elle avait bien fait, même si ça n'était pas l'usage ; elle avait bien fait parce qu'il n'aurait jamais osé, lui ; une fois dehors, ils s'étaient accoudés au comptoir de la buvette, ça chauffait entre deux groupes de jeunes qui étaient venus de Marchastel et de Saint-Bonnet pour se battre à Condat ; debout tout près de cette fille dans la lumière jaune et tiède de la buvette, il avait senti de toute sa peau qu'elle lui plaisait, et que lui aussi lui plaisait, et que ça n'irait pas par quatre chemins, et tant mieux parce que les occasions étaient rares, même pendant l'été ; pendant l'hiver, quand les fêtes et les bals étaient finis, on s'arrangeait ou on vivait comme les curés ; quoique les curés devaient bien avoir leurs arrangements aussi, et tant mieux pour eux ; Joseph avait ses idées là-dessus, mais c'était pas le moment de penser aux affaires des curés. Il s'était rassemblé pour mieux écouter ce que Sylvie lui disait, elle s'appelait Sylvie ; il devait répondre, et même poser des questions lui aussi pour avoir l'air un peu vif et montrer qu'il s'intéressait vraiment, qu'elle aille pas changer d'idée ou le planter là avec sa bière pas finie parce qu'il aurait pas réagi comme il faut. Elle avait pris une bière aussi.

Elle avait expliqué que les trois autres filles étaient monitrices à la colonie, ici à Condat ; la brune avec la queue-de-cheval était sa petite sœur, elle était montée en voiture de Montluçon pour la voir, et passer quatre ou cinq jours dans le coin, s'il faisait beau, si on s'amusait ; ça commençait plutôt bien. Elle avait regardé Joseph aux yeux, il avait eu chaud jusqu'au fond des os. Elle aurait pu loger à la colonie dans une chambre de monitrice, sa sœur aurait demandé pour elle, mais elle aurait eu l'impression de recommencer le pensionnat et elle avait passé l'âge ; l'été, quand elle était en vadrouille, Joseph avait entendu patrouille mais c'était la même idée, elle rabattait le siège de la 205, elle avait un matelas, comme en camping, tout était prévu, l'oreiller, la couverture. Même pliés en douze à l'arrière de la voiture, ils s'étaient si bien accordés que Sylvie était restée les cinq jours et un peu plus. Ils l'avaient aussi fait dehors, plusieurs fois dans une clairière ronde que Joseph connaissait dans les bois au-dessus de Condat en montant vers Laquairie. Il avait été presque soulagé de la voir repartir parce qu'il craignait d'être détraqué pour le travail et que Paul commençait à l'énerver en faisant des allusions grasses et en cherchant trop à savoir. À la fin du mois d'août, Sylvie lui avait fait dire par sa sœur qu'elle se languissait et qu'elle reviendrait dans l'automne ; elle demandait un numéro de téléphone ou une adresse pour le joindre, il avait donné l'adresse de la ferme mais pas le numéro. Ensuite tout était allé très vite, entre octobre et avril elle était remontée trois ou quatre fois ; il n'avait presque pas neigé cet hiver-là et le pays lui plaisait, c'était autre chose que la banlieue de Montluçon ; Joseph était gentil, si gentil, pas bavard, pas du genre qui fait des promesses pour ne pas les tenir, mais du solide, du paysan solide ; elle répétait cette expression, du paysan solide. Elle parlait beaucoup ; elle racontait d'autres hommes, et des histoires plus ou moins tordues, Joseph écoutait, laissait flotter des morceaux de phrases, mélangeait un peu tout ; quand Sylvie était lancée, on aurait dit une série avec des épisodes. Il n'aimait pas savoir qu'elle avait reçu des coups, les gendarmes avaient fait des constats elle avait eu des marques pendant longtemps, et des arrêts de travail, des incapacités ; quand il entendait certains mots, quelque chose se tordait dans son ventre, il avait la gorge sèche, mais il sentait que ça faisait du bien à Sylvie de raconter ses malheurs avec des types ; elle répétait en fermant les yeux que c'était la misère, la grosse misère avec ces types. Elle avait six ans de plus que Joseph qui n'en revenait pas qu'elle fasse tous ces kilomètres pour lui ; elle était dégourdie et louait une chambre chauffée avec un lavabo et un grand lit dans les locaux de la colonie ; Joseph avait pensé à proposer de payer la chambre parce qu'elle avait déjà pour elle les frais du déplacement. Ils restaient chaque fois beaucoup dans le lit ; Joseph pouvait prendre son dimanche après la traite du matin parce que les patrons avaient bien connu la mère, et devaient se dire qu'elle aurait été contente de le voir fréquenter ; quand il partait travailler, Sylvie l'attendait dans la chambre, elle ne se levait pas beaucoup, elle dormait à moitié, fumait des cigarettes, écoutait des cassettes de Johnny sur un petit magnétophone gris qu'elle avait toujours avec elle et collait contre son oreille. Elle était fière de porter le même prénom que la première femme de Johnny, Johnny et Sylvie, Joseph et Sylvie, elle disait que les initiales étaient un signe du destin ; elle savait par cœur des paroles, celles des portes du pénitencier la faisaient pleurer, surtout quand elle arrivait à *et c'est là que je finirai ma vie comme d'autres gars l'ont finie*. Joseph avait aussi très envie de pleurer et n'arrivait pas toujours à se retenir même s'il voyait que Sylvie n'aimait pas trop qu'il pleure, comme une tapette ; elle expliquait que les hommes qui pleurent sont des tapettes ; elle préférait qu'il la serre, il le faisait et il sentait le mouillé de ses larmes contre lui ; Joseph était impressionné qu'elle sache des chansons par cœur. Elle disait le mot idole, Johnny était son idole, elle lisait des revues sur lui, elle était allée une fois à un concert à Lyon même si les places étaient chères, elle avait un tee-shirt avec la tête de Johnny dans le dos et un gros cœur vert sur la poitrine, elle disait à Joseph qu'elle lui offrirait le même sauf le cœur, elle lui montrait des modèles sur ses revues. Elle ne sortait que pour descendre au Casino acheter du jambon, du pain de mie, de la bière et des chocos fourrés à la vanille. Elle était vaste de corps, et, en faisant son travail, Joseph pensait à sa douceur chaude et blanche. En avril, Sylvie avait dit qu'elle trouverait facilement une place d'aide-soignante dans le pays, avec son expérience et les maisons de retraite qu'il y avait partout, elle s'était renseignée, mine de rien, et avait un peu tâté le terrain auprès des personnes de Condat qu'elle connaissait par sa sœur ; ils prendraient un appartement en location, ou une petite maison, avec leurs deux salaires, ils seraient à l'aise, à leur âge, trente et trente-six, il fallait se lancer ; c'était le moment ou jamais. Longtemps après, quand il était au fond du fond du trou rempli d'eau sale, Joseph avait fini par penser qu'il aurait mieux valu que ce soit jamais ; mais il s'était dit aussi que c'était trop facile de tout mettre sur le dos de Sylvie ; il serait peut-être tombé dans la boisson même sans elle, et ce qu'elle lui avait fait. Il savait que le père de son père descendait déjà ses douze chopines d'un demi-litre par jour, pas plus pas moins, et pendant trente ou trente-cinq ans puisqu'il était mort à cinquante-quatre ans ; les hommes ne vieillissaient pas dans la famille, il avait de qui tenir ; il se souvenait du mot des médecins de la cure pour dire ça, un mot tout raide, hérédité. Si la mère avait été là, la vie aurait mieux tourné, il en était sûr. Même avec la honte, la tromperie, ce que tout le monde savait avant lui, et comment Sylvie s'était comportée dans les cafés à Allanche où ils avaient habité une année, enfin presque une année, moins trois mois et quatorze jours ; à Allanche en plus du reste elle avait laissé des ardoises partout avec ce type qui buvait du blanc, que du blanc pas de la bière ni du rouge, du blanc et du bon ; finalement même Sylvie et toute cette histoire avec elle avaient moins compté que le départ de la mère chez Michel. Avec la mère ils auraient continué tranquilles comme ils avaient fait après la mort du père. Mais jamais il n'aurait dit ça, jamais, à personne. Après la troisième cure, il avait enfin réussi à se stabiliser, sta-biliser était aussi un mot des médecins que

Joseph avait retenu parce qu'il lui faisait penser aux bêtes en stabulation libre qui circulent comme elles veulent entre le dedans et le dehors de l'étable au lieu de rester attachées à la crèche de novembre à avril. Au début pourtant, même dans cette ferme où il était bien, les premiers mois, la première année, l'histoire de Sylvie remontait souvent en images qui se mélangeaient avec des choses plus anciennes, le poilu de l'école ou quand Michel le comparait à un chien qui fait le beau pour avoir du sucre. Il ruminait aussi des mauvaises paroles que Sylvie lui avait dites, ou celles qu'il avait jetées lui, et des coups deux ou trois fois à la fin, sans trop savoir qui faisait quoi quand ils étaient saouls tous les deux. Elle criait fort, les voisins entendaient tout, se plaignaient. Ensuite elle était partie ; le 19 mars 1986 en rentrant il avait trouvé tout vide, elle avait emporté son bazar au complet, les habits et le reste et même la gazinière de la mère, le frigo, les affaires pourries de ta vieille elle les appelait quand elle s'énervait en donnant des coups de pied dans les choses, mais elle les avait prises quand même. Le type avait une camionnette, il était représentant, Joseph n'avait jamais bien su en quoi. Plus tard on avait dit qu'ils étaient partis du côté de Vichy, le gars avait dû changer de tournée, on ne l'avait plus vu dans le coin. Maintenant que tout ça était loin, Joseph ne regrettait plus d'avoir connu Sylvie, et ne se demandait plus si ceci ou cela serait arrivé, ni comment aurait pu être sa vie sans cette femme ou s'il n'avait pas bu ; il aurait peut-être pris une ferme pour lui au lieu de faire l'ouvrier agricole chez les autres et de rester au bas du bas de l'échelle, mais tenir une ferme tout seul c'est de l'esclavage, et on se démène pour qui, pour quoi. Il en connaissait de ces vieux garçons sauvages qui se finissent dans des maisons sales, au Jaladis, aux Chazeaux, leur vie n'est pas meilleure, ils ont des soucis et du travail par-dessus les oreilles, ils mangent froid, du pâté du chocolat des sardines, et s'endorment tout seuls devant la télévision ; et leur retraite serait moins grosse que la sienne d'après ce qu'expliquait le patron. Joseph secouait la tête en nettoyant l'étable ou en préparant les parts pour les bêtes dans la grange l'hiver ; comme on fait son lit on se couche, le père répétait ça ; et il disait aussi, en parlant de ses fils, que Michel avait tout pris.

S'il avait été plus jeune, Joseph aurait repassé le permis. On le lui avait retiré avant la troisième et dernière cure. La gendarmerie de Ségur avait été supprimée et le nouveau chef, celui de Condat, avait autre chose à faire que de materner toutes les gourles du pays ; des consignes avaient été données et appliquées. Avant, les gendarmes de Ségur connaissaient Joseph, le plus souvent ils le laissaient aller ; ou, s'il avait vraiment trop chargé la mule, ils immobilisaient le véhicule et l'envoyaient cuver dans une petite pièce de la gendarmerie qui ressemblait à une chambre d'hôtel pour pauvres comme on en voyait dans des films ; les murs, le radiateur, la porte avaient été peints en bleu, même le lavabo et la cuvette des w.-c. derrière un paravent étaient bleus. On le savait dans le pays, on en riait, en voilà encore un qui est bon pour la bleue, ou il a dormi à la bleue, il

92

sort de la bleue. Joseph en sortait, reprenait la voiture, les gendarmes lui disaient à la prochaine, et aussi de faire attention à ne pas abîmer quelqu'un parce que là, ça serait une autre affaire et avec les nouvelles lois il se ferait ramasser le papier rose et aurait tout à recommencer, le code et la conduite. À cette époque, il n'avait pas vraiment de travail régulier, il trouvait plus ou moins à se louer pour des journées ici ou là, on savait qu'il était à peu près bon à tout s'il n'avait pas bu, et qu'il n'avait pas le vin mauvais ; il avait surtout le vin triste, d'une tristesse suante et comme contagieuse. La Simone qui avait à nouveau remisé chez elle le lit et la table rescapés du naufrage conjugal, disait qu'il avait le vin noir ; un jour ou l'autre il se pendrait ou il foncerait contre un arbre avec la Peugeot, on en avait connu qui avaient fini comme ça, ça s'était déjà vu. Quand il faisait trop froid pour qu'il cuve dans la voiture, d'octobre à mai, elle laissait la porte de la grange ouverte ; il viendrait s'abattre là, sur la vieille bâche verte qui recouvrait le lit, le sommier à ressorts, la table démontée, et le matelas acheté à Saint-Flour au moment de l'installation avec Sylvie. Il était dans ses meubles de famille ; il avait son trou, son terrier, ou sa résidence secondaire ; il le disait dans ces moments où, avant d'arriver au bout de ce que pouvait encaisser son corps, encore debout tout raide au comptoir du café, il se lançait dans de grands discours. Il abordait dans un ordre immuable ses trois sujets, la politique, locale nationale ou internationale, Sylvie, et la famille, les vivants et les morts, en blocs et en paquets. Il ne se répétait pas, du moins dans la même séance, il ne prenait personne à témoin, il regardait devant lui appuyé du coude gauche sur le comptoir, le buste droit, le cou tendu, le menton légèrement levé, on voyait descendre sa pomme d'Adam. Il reposait sans bruit son verre vide et le remplissait lui-même aux trois quarts sans jamais renverser une goutte, avec la bouteille de vin qu'il payait d'avance. On l'écoutait un peu, sans rire trop ouvertement, avant de se détourner parce qu'il faisait presque peur et que l'on n'aurait pas pu supporter ça longtemps. Sa diction aisée, son vocabulaire soigné, rehaussé de termes ou de tournures qu'il n'employait pas dans la vie ordinaire, lui avaient valu le surnom de Néanmoins ; il disait au sujet des femmes, néanmoins elles s'évaporent, Sylvie, sa mère, toutes les femmes ; ou néanmoins le maire sera triomphalement réélu avec un score digne d'un plébiscite, ou un score sans appel. Il avait le don des sobriquets et certaines de ses formules firent date, le Quai d'Orsay ou CQFD restèrent ainsi respectivement attachés au boulanger de Dienne qui faisait sa tournée dans toute la vallée de la Santoire et à un garagiste de Murat prompt à démonter sans sommation toutes les mécaniques poussives soumises à son expertise. La voisine n'avait pas peur que Joseph mette le feu à la grange, il ne fumait pas, il n'avait jamais fumé ; et il ne faisait pas de bruit, il ne réveillait personne quand il venait se gîter comme font les bêtes dans les bois. Au-delà d'un certain nombre de verres, il perdait la parole ; dans sa langue du dimanche il appelait ça le quota de rouge ou le seuil d'ébriété et n'en parlait qu'au sujet de Sylvie qui, disait-il, présentait tous les symptômes d'une addiction sévère à la boisson, et s'était avérée indélicate ou, selon les jours, grossière, intempérante, voire colérique. C'était brutal, il ne bégayait pas, ne larmoyait pas, son débit ne ralentissait pas, sa voix ne devenait pas pâteuse ; le fil se cassait net ; il continuait à boire sans bruit, dos tourné à la salle cette fois ; il se finissait à sa place, toujours la même, à l'une ou l'autre des extrémités du comptoir selon la configuration des cafés qu'il fréquentait. Du mercredi au samedi il pouvait s'employer dans des fermes où on lui faisait encore confiance, mais le dimanche matin il partirait et s'enfoncerait dans son tunnel jusqu'au mardi, une journée pour s'assommer, une journée ou deux pour cuver et refaire surface. Le dimanche matin, à neuf heures, il arrivait sur la place du bourg, il commençait toujours par Saint-Saturnin, ensuite l'ordre des étapes était variable. Il garait la Peugeot à droite du monument aux morts, devant le petit portail du presbytère que des Anglais avaient racheté et restauré, il prenait soin de ne pas bloquer l'accès même si la maison restait fermée six mois sur douze. Il allait à l'épicerie-boulangerie où on lui gardait sa tourte de pain blanc et une tablette de chocolat de cuisine qui lui feraient les trois jours ; il ne mangeait pas quand il buvait, sauf ce chocolat et ce pain qui devait pomper le vin, c'est ce que disaient les plus rigolards, comme lui abonnés aux saouleries du dimanche mais moins abandonnés, moins enfoncés dans le sombre. Joseph était rasé, propre dans des habits de travail qui, sur lui, avaient toujours l'air d'avoir été repassés, on ne savait pas au juste comment il s'arrangeait pour ces questions-là ; les vêtements, la toilette, la tenue du corps. Il avait des cheveux presque blonds, raides et drus, tondus court sur le crâne comme ceux des communiants d'autrefois, ça lui donnait un air d'enfance, de moine, ou de repris de justice ; Sylvie le lui disait, quand elle s'énervait, tu te crois quoi avec ta tête de bagnard tu te crois quoi tu parles à qui t'as pas d'amis. On ne le voyait jamais chez aucun coiffeur, ni à Riom ni à Allanche ni à Condat, on supposait qu'il se servait pour lui d'une tondeuse utilisée pour les bêtes, qu'il aurait gardée dans ses affaires depuis l'époque de ses parents et de la ferme. Il achetait à l'épicerie de courts rasoirs en plastique blanc vendus en paquets de six ou douze ; certains disaient l'avoir vu se raser à sec, sans mousse ni rien, dans le rétroviseur de la Peugeot, le lundi soir ou le mardi quand il émergeait. L'argent qu'il gagnait passait dans la boisson, l'essence pour la voiture, le pain, le chocolat, deux ou trois paires de pantalons ou de chaussures et un lot de tricots de corps, slips, chaussettes et chemises épaisses qu'il prenait à Riom, au marché du mercredi, une fois par an, en juillet ou en août, à Larroussinie un marchand qui montait d'Aurillac avec un camion plein et savait ce qu'il lui fallait. Il ne faisait pas de dettes. Il ne buvait pas dans les places où il était ; il allait dans des cafés, quatre ou cinq, chez Robert, chez Lemmet, ou chez Liébard, toujours les mêmes, il avait sa tournée, à Saint-Saturnin, Ségur, Saint-Bonnet, Lugarde ou Saint-Amandin ; les gendarmes le lui disaient assez, tu devrais prévoir de finir par Ségur tu serais plus commode pour la bleue. Il se remplissait de vin ; l'été il cuvait dans la voiture

qui lui servait de maison. Il dormait assis au
volant, raide et la bouche ouverte, avec la
ceinture de sécurité et la radio, les phares ou
les codes allumés, les gens le connaissaient,
dans chaque bourg il avait ses places pour se
garer et le cantonnier ou quelqu'un d'autre,
en passant, tournait la clef de contact pour
que la batterie ne se décharge pas complète-
ment. La voiture était la Peugeot du père qui
tenait encore le coup ; après ses cuites Joseph
la nettoyait, surtout pour les odeurs. Il était
très maigre, ses mains tremblaient, il n'envi-
sageait pas les gens ; et quand on réussissait
à attraper son regard qui vous traversait sans
vous voir, on ne soutenait pas longtemps ce
vertige. La voisine craignait toujours de le
trouver un lundi matin accroché à la poutre
maîtresse au-dessus de la porte de la grange.
Elle aurait bien appelé la mère, mais on
n'osait pas se mêler des affaires des gens ; et
la mère ne venait plus du tout, elle écrivait à
Joseph, une ou deux fois par an, mais on
comprenait qu'elle avait tourné le dos au
pays ; il aurait fallu passer par Michel et sa
femme, qui ne devaient pas être commodes
et avaient mieux à faire, avec leur commerce
et les deux petites, que de s'occuper à distance d'un type de trente ans qui se détruisait
au vin rouge. Joseph avait toujours eu moins
de caractère que Michel, c'était souvent

comme ça avec les jumeaux, chez les gens comme chez les bêtes, il y en avait un qui prenait le dessus. La Simone les avait vus arriver dans le bourg, elle se souvenait bien des garçons, et comment le père était avec eux, pas toujours facile ; c'était un gros travailleur, un homme adroit et pas méchant mais qui ne savait pas s'arrêter avec la boisson ; c'était de famille, ils sortaient de Vèze, on avait connu le père du père et son grand-père, un oncle aussi qui vivait carrément de braconnage et de sauvagine, même que les gens le craignaient un peu parce qu'il avait été plus ou moins dans le maquis du côté du Lioran à la fin de la guerre, on disait qu'il avait gardé des armes, on l'avait retrouvé mort dans les bois de Collandres pendant le fameux hiver de 1954. La voisine savait d'autres histoires ; elle pinçait la bouche, et ajoutait que la mère, après tout, avait certainement eu ses raisons pour s'en aller à l'autre bout de la France faire la bonne chez sa belle-fille sans même revenir sur la tombe à la Toussaint. Joseph aurait dû partir au service comme son frère, il aurait vu du pays et connu des gens, mais il avait été déclaré soutien de famille, il était resté. Dans les dernières semaines avant son départ, la mère se rongeait, elle répétait qu'elle regrettait pour Joseph, l'armée lui aurait bien fait, il y serait peut-être resté. La voisine disait aussi que cette Sylvie lui avait déplu, dès le début ; elle avait fini d'enfoncer Joseph qui n'avait pas plus de défense qu'un enfant de trois ans ; n'importe qui aurait vu que cette femme n'était pas une bonne personne, elle l'avait entraîné dans la boisson et traité comme un moins-que-rien, ils étaient allés droit dans le mur, elle levait la jambe avec le premier venu et vivait des aides sans travailler vraiment, on n'avait pas besoin de ça par ici pour détraquer les hommes et faire du scandale. La Simone baissait le menton ; enfin, il y avait quelque chose dans toutes les familles ; elle priait pour Joseph et le laissait mettre ses affaires dans la grange. Joseph avait suivi ses trois cures dans le même service à Aurillac chez un professeur qui était le cousin par alliance du Docteur Roux, maire et conseiller général de Condat. Le père de ce Docteur Roux exerçait déjà à Condat dans les années quarante et connaissait la famille depuis toujours ; ces médecins, le père et le fils, étaient partis en guerre, dans le journal ils écrivaient en croisade, contre l'alcoolisme ; on voyait régulièrement dans *La Montagne* des articles signés par eux qui parlaient de fléau, de ravages dans les campagnes, d'éradication, de cause sacrée ; en période électorale les gens disaient que c'était mauvais pour les voix, les

Roux père et fils finiraient par y laisser leurs mandats ; on racontait aussi qu'ils roulaient pour le cousin d'Aurillac et son service spécialisé qui ne risquait pas de manquer de clients, la Sécurité sociale avait bon dos, elle payait les traitements qui n'en finissaient pas, coûtaient bonbon et n'avaient pas l'air de servir à grand-chose à en juger par le nombre de poivrots du canton abonnés aux cures ; entre novembre et mars, ils allaient se faire désherber à Aurillac, on disait désherber et tout le monde comprenait, les gars passaient l'hiver au chaud à l'hôtel trois étoiles chez Grémanville, c'était le nom du cousin, ils ressortaient de là retapés récurés en grande forme et rattaquaient le canon aussi sec. Joseph n'aurait pas très bien su expliquer comment chaque cure avait été décidée ; ça arrivait dans des moments où il ne pouvait même plus travailler ici ou là et se suffire, tout le dépassait, c'était la complète débandade ; il se retrouvait dans le cabinet du Docteur Roux à Condat, il entendait des mots qui lui passaient au-dessus de la tête, atavisme non-assistance à personne en danger hospitalisation d'office, il signait des papiers, ensuite c'était le blanc, la petite chambre, des médicaments des douleurs d'autres médicaments, il avalait tout pourvu que les crampes et les brûlures qui tordaient le corps s'arrêtent, il aurait avalé n'importe quoi. On s'occupait de lui, des infirmières ou des aides-soignantes, une surtout, un peu vieille, qu'il avait connue les trois fois ; après les grosses douleurs du début, avant de ressortir, il aimait bien ce temps très doux qui passait, des semaines, plusieurs, il ne comptait pas ; tout était propre et ordonné, on n'avait pas à se soucier, on avait une place, un lit, son nom sur une porte, il ne prenait pas la télévision, ni le téléphone, comme faisaient en fin de cure les autres qui avaient l'air pressés de repartir dans leurs vies ; il trouvait que la nourriture était bonne et n'en revenait pas d'avoir une petite salle de bains avec la douche rien que pour lui. Il ne disait pas son contentement, il pensait qu'il ne fallait pas le dire sinon on aurait fini par croire qu'il faisait exprès de perdre les pédales à force de boisson pour se payer des vacances de luxe aux frais de la princesse et on ne l'aurait plus accepté. Il ne disait rien, ou pas grand-chose, trois mots de politesse sur le temps, pour répondre aux personnes qui lui parlaient quand elles venaient dans la chambre pour faire leur travail. Il avait du mal à comprendre comment Sylvie avait pu avoir le même métier que certaines de ces femmes, il n'arrivait pas à imaginer qu'elle ait pu aider ou soigner quelqu'un. Il ne recevait pas de visite. Il ne s'ennuyait pas, il laissait passer de gros morceaux de temps ; il avait commencé là à rassembler vraiment ses listes et à les dérouler, avec les dates et les durées, tous les calculs de tête, une liste par personne ou par sujet, une petite dizaine de listes en tout, pas plus. Pendant la troisième cure quelque chose était arrivé ; il avait vu une nouvelle psychologue, l'ancienne était partie, une femme frisée qui avait toujours l'air en colère, écrivait trois mots sur un vieux carnet tout ébouriffé et l'avait laissé chaque fois tranquille dans son coin après le premier entretien comme faisaient les maîtres d'école quand ils étaient découragés. Avec la nouvelle, on avait changé de musique ; elle était jeune mais pas trop, Joseph aurait dit entre trente-cinq et quarante, mais plus près de trente-cinq que de quarante, et il avait l'œil pour donner les âges, avec les bêtes comme avec les gens. Il n'aurait jamais imaginé se trouver un jour devant une femme comme celle-là qui lui poserait des questions et le ferait parler sans avoir l'air de rien ; il aurait dû se méfier mais comment faire ; il avait pensé à Grace de Monaco qui aurait été assise en face de lui sur une chaise, derrière un petit bureau en bois marron bien rangé, en blouse blanche ouverte sur une robe ; la psychologue était toujours en robe même l'hiver quand on devinait qu'il devait faire froid dehors, on voyait sa peau à travers les collants transparents, ses lèvres peintes en rouge s'étiraient sur des dents bien rangées, très blanches, et ses gencives roses et bombées brillaient. La première fois Joseph n'avait presque rien dit ; il sentait que ses mains posées sur ses cuisses s'ouvraient et se fermaient sans qu'il puisse arrêter le mouvement et il n'était pas sûr d'avoir réussi à garder sa bouche fermée tout le temps du rendez-vous. La psychologue s'appelait Madame Marcadet, ses yeux étaient luisants comme les marrons neufs quand ils sortent de la bogue, elle les posait sur Joseph et il se sentait comme hypnotisé ; il racontait dans le désordre des choses qu'il ruminait souvent, et d'autres qu'il croyait avoir oubliées et une surtout dont il n'avait jamais parlé à personne parce qu'elle lui faisait honte. Il attendait les rendez-vous, il se tenait debout dans le couloir longtemps à l'avance ; il regardait par la fenêtre qui donnait sur une rue bordée de maisons neuves bien alignées avec des jardins rectangulaires et des entrées de garage équipées de portails automatiques. Plusieurs fois il avait parlé à Madame Marcadet de Rémi ; c'était dans une ferme, il savait encore le nom de la ferme et des gens mais il ne le disait pas, il ne le dirait pas, plus jamais. Rémi était vacher, il avait vingt-deux ans, il travaillait bien ; il sortait d'une famille nombreuse, le père était mort jeune en tombant d'un toit, sans ce malheur Rémi qui était dégourdi aurait certainement pu apprendre un métier, il serait devenu mécanicien, il aurait été très bon, on le voyait à sa manière de réparer tous les moteurs, ceux des tracteurs, des voitures, des vélomoteurs, mais aussi de l'écrémeuse ou de la machine à laver ou même du train électrique que les enfants de cette ferme recevaient de Paris à Noël. Les deux sœurs aînées de la patronne avaient de grosses situations dans les Postes à Paris, n'étaient pas mariées, et se mettaient ensemble pour gâter les neveux. Ce train électrique avec des locomotives, des wagons, des maisonnettes de gardes-barrières, des sapins, des personnages, des lumières, des noms de gares, tout très bien imité comme en vrai, ce train tenait sur une table longue dans une pièce que les trois garçons et les parents appelaient la chambre à jouer ; cette pièce ne servait qu'à ça, elle se trouvait à l'étage dans cette grande maison juste à côté de la chambre où ils dormaient, eux, les employés. Joseph n'avait vu le train qu'une fois, le jour de l'An ; après traire et avant de faire les fromages, pendant que le lait caillait, la patronne lui avait montré, les enfants et le patron n'avaient pas fait attention à lui, ils étaient comme fous après ces machines, Rémi était venu aussi, il savait mieux que le patron comment tout marchait, les enfants se tournaient vers lui, il aurait été un peu comme le chef dans cette histoire et il avait installé tout ce que les tantes avaient envoyé de Paris. Plus tard Joseph s'était rendu compte que ce jour-là il avait vraiment senti pour la première fois que quelque chose n'allait pas avec Rémi. Dans cette ferme le père ne regardait pas beaucoup ses enfants, les deux plus jeunes restaient dans les jupes de la mère qui ne disait jamais rien mais l'aîné, dès qu'il revenait de l'école ou pendant les vacances, était toujours fourré avec eux les ouvriers, à la grange à l'étable à la laiterie ou dans les prés quand on travaillait dehors ; il avait bonne façon comme tout et ne gênait pas, au contraire il aidait bien et faisait plaisir à voir, il posait des questions mais sans jacasser tout le temps et empêcher comme font certains enfants de patrons qui se croient tout permis avec les ouvriers dans les fermes ; on sentait qu'il comprenait vite, qu'il s'intéressait et enregistrait au quart de tour, il voulait plaire, il était sérieux. Cet hiver-là Joseph avait attrapé une grosse toux qui le prenait surtout au lit et le réveillait ; dans la nuit du 31 janvier au 1er février, il ne dormait pas et il avait compris que Rémi n'était pas seul dans l'autre lit de la chambre, en face du sien, les couvertures se soulevaient ; la lune était pleine et il avait neigé la veille, on fermait les volets à cause du froid mais une bande de lumière blanche tombait juste sur le traversin et Joseph avait cru reconnaître la tête de Daniel, il s'appelait Daniel, sa nuque petite avec les cheveux blonds un peu longs dans le cou et frisés était posée de trois quarts sur le traversin et remuait un peu. Madame Marcadet se taisait, il y avait eu un long silence et le rendez-vous avait été fini. La fois suivante Joseph n'avait pas reparlé de Daniel et Madame Marcadet n'avait rien dit sauf à la fin où elle avait demandé, vous savez ce qu'il est devenu Daniel. Pendant les autres rendez-vous et jusqu'à la fin de la cure, Joseph n'avait pas pu s'empêcher d'en parler chaque fois, tout était remonté ; comment ensuite il avait perdu le sommeil, ce qu'il voyait et entendait ou devinait sans regarder vraiment. Rémi était sans gêne maintenant comme si Joseph avait été d'accord pour ces choses ou comme si ça n'avait pas compté qu'il soit là, lui aussi, dans la chambre, avec lui, avec eux. Joseph s'était mis à avoir mal au ventre presque tout le temps, surtout le soir avant de monter au lit, il se trompait dans son travail, le patron gueulait et l'avait pris en grippe. Joseph ne savait plus quoi faire ; il se disait que quand les tantes de Paris viendraient, entre le foin

107

et le regain, à la fin juillet pour la fête patronale qui tombait le premier dimanche d'août, il faudrait le leur dire, à elles, ce qui se passait les nuits dans la chambre ; ces femmes avaient l'air gentilles et moins timides que la patronne, il les avait vues l'an passé, elles sauraient comment se comporter. Une fois, la nuit du dimanche au lundi de Pâques, la patronne était rentrée dans la chambre, elle avait sorti le gamin du lit avec de grands gestes énervés, on avait entendu des portes claquer et le lendemain on voyait qu'elle avait pleuré mais tout était resté pareil, avec ces deux vies, une pour les jours comme dans une ferme normale, et une pour les nuits avec ces choses. Joseph secouait la tête, il aurait presque pleuré, ça lui faisait encore mal dans la gorge vingt ans après, bientôt vingt et un ; il expliquait à Madame Marcadet qu'il se faisait des reproches, il avait toujours su mieux s'y prendre avec les bêtes qu'avec les gens, il aurait dû aider l'enfant, pour que ça s'arrête, puisque les parents n'empêchaient pas et gardaient Rémi à la ferme. Il n'était pas resté jusqu'à l'été, il n'avait pas tenu, un jour à la grange en préparant les parts de foin et d'aliments pour les bêtes, Rémi l'avait traité d'emplâtre parce qu'il n'allait pas assez vite et se mélangeait les pinceaux soi-disant, le patron était à côté et en aurait rajouté mais il n'avait pas eu le temps parce que Rémi avait crié, tordu espèce de tordu, et là tout était sorti ; Joseph s'était senti comme fou, il aurait tué ce gars, il avait foncé, il ne connaissait plus sa force, le patron avait eu du mal à les séparer, avait même pris un gnon ou deux et avait crié à Joseph, tu dégages on veut plus jamais te voir on a plus besoin de toi ici tu dégages. Joseph n'était même pas monté chercher ses affaires dans la chambre, il avait sauté dans la Peugeot et direction Saint-Saturnin. La mère n'avait rien compris en le voyant débarquer dans cet état, avec sa combine pour traire, en pleine semaine, un mercredi, mais elle avait senti qu'il ne fallait pas poser de questions. Joseph était resté trois jours enfermé dans le noir sans sortir et presque sans manger, la mère prenait peur et voulait faire venir le docteur. Finalement le samedi Joseph avait dit qu'il ne retournerait pas chez ces patrons. Il avait cherché une nouvelle place et avait trouvé à côté de Saint-Flour, dans une belle propriété qui s'appelait le Grand Mérignac, c'était un peu loin mais on ne pouvait pas faire les difficiles et il s'était finalement bien habitué chez ces gens qui avaient aussi des moutons, en plus des vaches ; il était resté là-bas un an avant de trouver plus près, aux Manicaudies. Plus tard, dans le mois de juin, Rémi était passé chez la mère rapporter les affaires de Joseph, sauf une paire de bottes neuves que Joseph n'avait jamais voulu aller chercher. Dans l'hiver suivant on avait su que Rémi partait travailler du côté de Clermont, dans la Limagne, où son frère avait déjà une place ; les parents de Daniel aussi avaient fini par quitter le pays, ils avaient pris une autre ferme en location dans la commune de Pierrefort. Pour l'enterrement de la mère, le 29 mai, Joseph s'était tenu dans l'église à côté de Michel ; le patron et la patronne étaient venus, les deux, et il y avait quand même une quinzaine de personnes, des femmes du bourg surtout, alors que la mère était partie depuis vingt-huit ans, onze mois et douze jours. La Simone pleurait en embrassant Joseph ; elle répétait que la mère aurait été contente de le voir comme il était maintenant. Joseph comprenait, il était d'accord, ça ne le gênait pas que les patrons entendent, mais il n'avait pas aimé que Michel lève l'œil et le regarde comme si on avait voulu lui cambrioler sa Caroline et son café. Michel, en vieillissant, se mettait à ressembler au père ; le patron l'avait dit, le soir, à table, et la patronne l'avait confirmé, souvent dans les familles des ressemblances se déclaraient après la cinquantaine. Depuis que l'on n'avait plus qu'un seul curé pour trente paroisses, une sœur s'occupait des enterrements et les gens trouvaient qu'elle les faisait beaucoup mieux qu'un homme ; elle s'était renseignée auprès de la Simone et avait su dire les quatre phrases qu'il fallait avant de monter au cimetière où les deux employés des pompes funèbres de Dozulé suaient dans des costumes luisants. Le soleil éclatait ; l'air était chaud et bleu, on entendait la voix de Léon Roche qui appelait ses vaches pour traire dans le pré en contrebas, juste de l'autre côté du mur du cimetière, on avait senti l'odeur des bêtes mêlée à celle de l'herbe neuve, la saison était bien avancée et les vaches mangeaient la première herbe déjà belle dans ce pré toujours gras ; le boucher-charcutier d'Allanche qui passait le mercredi après-midi avait klaxonné sur la place à quatre heures moins le quart. On avait fait le nécessaire. Michel n'avait pas lésiné pour le cercueil ni pour les fleurs, deux couronnes ovales et cossues, blanches et jaunes, les deux pareilles, avec des petites fleurs courtes, serrées et raides, et deux rubans bleus en travers, à notre mère, à notre grand-mère. La patronne, le soir, avait dit pour ces fleurs un nom compliqué que Joseph et le patron ne connaissaient pas ; elle avait expliqué que cette variété durait très longtemps et qu'avec la belle corbeille de roses que Joseph avait fait faire à Riom, la tombe de la mère était cer-

tainement la mieux fleurie de tout le canton.
Joseph avait été content que la patronne se
lance et parle des choses et des gens ; il avait
remarqué qu'elle le faisait souvent après les
obsèques, elle employait ce mot qu'il aimait
bien aussi ; elle disait que telle ou telle personne avait eu de belles obsèques qui ren-
daient honneur, ou au contraire des obsèques
de rien du tout, elle secouait la tête, ça ou être
enterré comme un chien c'est pareil ; et elle
serrait la bouche. On n'avait rien ajouté, mais
Joseph avait pensé que certains chiens, dans
des fermes où il était passé, étaient enterrés
mieux que des personnes, tout près des gens
de la maison, dans l'allée du jardin par
exemple, et on pensait à eux quand on allait
chercher des légumes, on se cachait plus ou
moins pour pleurer en creusant le trou ou
quand il fallait prendre le corps pour le dépo-
ser au fond, et plus tard on reparlait du chien
à table, et il manquait. Même s'il connaissait
à peu près tout le monde et pouvait bien imaginer, Joseph profitait mieux de ce que racontait la patronne quand il avait assisté lui aussi
aux enterrements. Pour les roses il avait pris
dans son enveloppe, il avait fait mettre quatre
douzaines, sans réfléchir, quarante-huit lui
plaisait comme nombre, il préférait les
nombres pairs parce qu'ils se divisaient en
deux morceaux égaux. Il avait senti que la

112

fleuriste le regardait presque un peu de travers, mais il avait sorti l'argent en liquide et elle avait vu qu'il avait de quoi ; il aurait voulu des couleurs mélangées, blanc jaune orange et un peu de rouge, ça tombait bien parce que la fleuriste n'avait pas quatre douzaines d'une seule variété ; elle avait tout arrangé comme il faut dans une corbeille ronde qu'il avait payée aussi et elle avait demandé s'il voulait ajouter une carte, une inscription quelconque ; il avait répondu que non, elle n'avait pas posé d'autre question ; à Saint-Saturnin tout le monde le savait qu'il était le fils de sa mère, on n'avait pas besoin de l'écrire. Michel avait téléphoné le lundi soir, un peu avant huit heures, ils finissaient de manger, la patronne avait répondu ; elle avait dit, oui il est là je vous le passe, et Joseph avait compris que c'était Michel et que la mère était morte. La voix de Michel tremblait pour les premiers mots, elle n'avait pas été malade ni fatiguée, c'était une belle mort, pendant son sommeil, dans la nuit du vendredi au samedi, dans son lit ; ensuite il avait expliqué ; Caroline s'était occupée de tout, une messe serait dite le mardi à dix heures à Croisset où la mère était connue et estimée, Caroline y assisterait avec les filles qui avaient beaucoup de peine, mais il viendrait seul pour accompagner le corps ; on pouvait se retrouver sur la place le mercredi à quatorze heures trente, ça lui laisserait le temps de manger en route et aussi d'aller voir si tout était prêt au cimetière, la cérémonie aurait lieu à quinze heures, Caroline avait parlé à la religieuse qui était d'accord, on avait même pu faire passer des avis d'obsèques, un dans *Le Fanal de Rouen* le lundi et l'autre dans *La Montagne* le mardi. Joseph avait reposé le téléphone à sa place. La patronne balayait, le patron avait proposé d'aller à Riom le mercredi matin pour faire le nécessaire et Joseph avait pensé à des fleurs, il irait aussi chez le coiffeur. Plus tard, dans le lit, avant de dormir, il avait un peu ruminé ; la tombe était propre, il s'en occupait trois fois par an, à Pâques, au moment du 15 août, et à la Toussaint ; il s'y était toujours plus ou moins tenu, même aux pires moments ; la prochaine fois, après la mère, on ouvrirait pour lui. À la fin de l'enterrement Michel était reparti tout de suite ; son portable avait sonné, il avait répondu en parlant fort, il répétait, oui Carolo oui impeccable mon Carolo oui impeccable. Il n'avait pas regardé Joseph, mais on voyait qu'il avait pleuré. Ils ne s'étaient pas embrassés, on ne s'embrassait pas, Michel avait juste touché un peu son épaule en disant d'une voix que Joseph n'avait pas reconnue, tu vois elle est revenue je l'ai ramenée. Le soir, avant de monter au lit, Joseph avait pensé que c'était presque comme s'il n'avait plus de frère. La patronne avait découpé pour lui la page de *La Montagne* avec l'avis d'obsèques ; il l'avait pliée en quatre bien à plat sur la table propre, il la rangerait dans l'enveloppe où il gardait l'argent ; cette patronne pensait vraiment à tout. Il avait veillé un peu plus tard que d'habitude, presque jusqu'à dix heures, le fils était resté aussi, et même le patron était bien vif parce que la patronne avait raconté l'enterrement de son grand-père, dans cette église de Saint-Saturnin, un 29 juin, en 1957, elle avait dix ans. Tous les enfants de l'école étaient là. Son grand-père avait eu une crise cardiaque en sortant d'une réunion du conseil municipal, il était maire de la commune, c'était quelqu'un, la patronne répétait, c'était quelqu'un ; l'église était pleine, et la place noire de monde ; elle se souvenait des fleurs, mieux que pour un mariage, des roses surtout, à cette époque, mais aussi des lis et des digitales qui penchaient, pas de pivoines qui étaient déjà passées ; les noms lui venaient facilement, sa grand-mère avait ce goût des fleurs, elle lui avait appris, elles les arrosaient ensemble les soirs, même en période de gros travail, sa grand-mère disait que les fleurs levaient la fatigue. La patronne se souvenait chaque fois qu'elle rentrait dans l'église, elle voyait tout encore comme c'était disposé sur une table décorée d'une grande nappe d'autel brodée que les bouquets recouvraient ; ça faisait comme un reposoir. Joseph avait trouvé que ce mot était doux, il allait bien pour les morts et pour les vivants, pour la mère et pour lui.

DU MÊME AUTEUR

Aux Éditions Buchet-Chastel

LE SOIR DU CHIEN, 2001 (Points, 2003). Prix Renaudot des lycéens 2001

LITURGIE, 2002

SUR LA PHOTO, 2003 (Points, 2005)

MO, 2005

ORGANES, 2006

LES DERNIERS INDIENS, 2008 (Folio n° 4945)

L'ANNONCE, 2009 (Folio n° 5222). Prix Page des libraires 2010

LES PAYS, 2012 (Folio n° 5808)

ALBUM, 2012

JOSEPH, 2014 (Folio n° 6076)

HISTOIRES, 2015

Chez d'autres éditeurs

MA CRÉATURE IS WONDERFUL, *Filigranes*, 2004. Avec Bernard Molins

LA MAISON SANTOIRE, *Bleu autour*, 2007

L'AIR DU TEMPS, *Husson*, 2007. Avec Béatrice Ropers

GORDANA, *Le chemin de fer*, 2012. Avec Nihâl Martli

TRAVERSÉE, *Créaphis*, 2013, puis *Guérin*, 2015

CHANTIERS, *Éditions des Busclats*, 2015

COLLECTION FOLIO